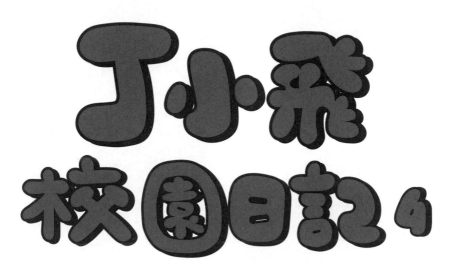

丁小飛校園日記 4

聰明眼鏡

文・原畫 郭瀞婷　圖 水腦

人物介紹

丁小飛

小學四年級生。他成績不好，也不愛念書，但是有顆單純的心和超樂觀的個性。最喜歡玩電動和塗寫日記，記錄生活點滴。雖然他常常會鬧出一些小事讓爸媽和老師頭痛，卻總能發揮想像力，讓事情蹦出意想不到的結果。

50 年後的丁小飛

阿達

小飛的哥哥，喜歡惡作劇。他常常有奇怪的行為，例如自認為是忍者，還自以為已經練成了超能力。會用小聰明來搗亂，經常跟小飛鬧出爆笑的摩擦，把小飛弄得昏頭轉向。

何李羅

小飛的好朋友,在班上坐在小飛的後面。個性老實,博學多才。功課非常好,常常好心的借功課給小飛抄。上課喜歡舉手回答老師的問題。

金思高

小飛的同班同學,號稱「躲避球王子」。長得很帥,家裡很有錢,有一點點臭屁。經常是全班羨慕的對象,也被小飛偷偷視為人生中最大的競爭對手。

程友莘

小飛班上的班長,是小飛一直以來最欣賞的女孩。她不但功課好,心地很善良,也對社會和環保很有使命感。是個熱心助人的好榜樣。

阿飛老闆

著名「阿飛冰淇淋店」的老闆。店裡的「天空飛飛冰淇淋」是小飛最愛吃的冰淇淋。他為人和藹,似乎跟小飛的父母有著不為人知的約定。

五十年後的丁小飛：

猜猜看，最近這幾個月我都在哪裡寫這本日記呢？

我想你一定猜不到！

自從學校宣布要舉辦**時光膠囊**活動，我就馬不停蹄的握著手上這枝越削越短的鉛筆，在我精心挑選的日記本裡記錄我的生活。相信五十年後時光膠囊被打開的那一刻，這本日記會為你帶來不少回憶和笑聲。這是我犧牲不少打電動和看漫畫的時間寫出來的！

所以，你猜到了嗎？

現在的你絕對用腳趾頭都想不到，我竟然在一個非必要絕不踏入的地方認真寫這本日記。

那就是……圖！書！館！

這真是破天荒！你想想看，我跟圖書館怎麼可能會連在一起？打個比方好了，就好像小妹的遊戲書題目：

圈圈看！

1 下面哪一個不是生長在水裡？

魚　　　　海藻　　　　海龜　　　　豬

2 下面哪一個不會出現在天空？

鳥　　　　企鵝　　　　蝴蝶　　　　彩虹

3 下面哪一個不屬於陸地？

狗　　　　鯨魚　　　　松鼠　　　　泥鰍

4 下面哪一位不屬於圖書館？

何李羅　　　程友莘　　　金思高　　　丁小飛

為什麼我會在圖書館寫日記呢？說來話長，一切都是因為我哥哥阿達做的好事。

　　自從上次阿達跟朋友在圖書館惡作劇，害我的好朋友何李羅被叫到學務處之後，阿達整個人改頭換面。如果五十年後的你不記得發生過什麼事，就請翻開上一本日記，也就是第三集《副班長爭奪戰》的第一〇九頁，你就會想起來了。

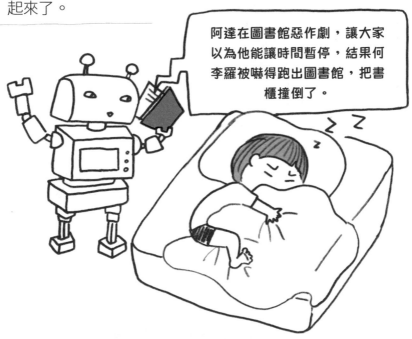

阿達在圖書館惡作劇，讓大家以為他能讓時間暫停，結果何李羅被嚇得跑出圖書館，把書櫃撞倒了。

　　也因為他的轉變，我們的世界變得很不一樣，有時候我也會懷疑，自己是不是跟阿達處在同一個時空？

以前阿達放學一回家就會直接把書包丟在地上，整個人癱在沙發上。

但現在一放學，阿達竟然變成這樣：

自從圖書館事件之後，學務主任和阿達的老師決定要罰他每天放學後到圖書館當義工。喔，不是只有他，連我也一起遭殃。當時和阿達一起從圖書館逃跑時，我不小心撞倒了好多書櫃，所以我也得到圖書館當義工。

爸媽對於這個決定似乎感到十分高興，讓我開始擔心起來。為什麼呢？**不是我在說**，要是爸媽因為太高興而決定請學校把我們當義工的時間延長，那就太、太、太慘了！為了不讓他們萌生這個念頭，每當他們問我當義工的感想時，我就會說我肚子痛，然後躲進廁所很久很久。等到我聽到他們換了別的話題，才敢偷偷從廁所出來。拜託，要是我說我很喜歡在圖書館當義工，他們就會請學校加長時間；如果我說不喜歡，他們就會說我需要更多時間磨練。無論如何都是可怕的後果，所以「不要回答」才是上上策！

阿達到現在都覺得很好奇，到底是誰去告密，說他在圖書館惡作劇？我覺得這很明顯，但是他一直沒發現。

有時候我還滿慶幸有像阿達這樣的哥哥，永遠不會發現我在他背後做了什麼事。阿達的老師常常對他的行為感到很無奈，所以到圖書館當義工這件事，是他們班的「凳子」老師想出來的辦法。

對了，我有跟你提過這位凳子老師嗎？他之所以被稱為凳子老師，是因為他個子很小，常常會被同學笑：

後來老師很生氣，就隨身帶著一個凳子。也因為這樣，他的綽號成了「凳子老師」。

凳子老師發現阿達常常不認真上課，就非常生氣的對阿達說：

想不到從此以後阿達就常常莫名其妙的曠課！阿達竟然還坦蕩蕩的說，他只是把凳子老師的話放在心裡，實踐在生活中，既然凳子老師不想再見到他，他就盡量不去上課了。但這個行為讓凳子老師更生氣，阿達也搞不懂到底為什麼。

關於阿達的這點疑惑，我完全可以理解。

我也曾經遇過很多類似的事，也搞不清楚到底要不要照著大人的話做呢？或是大人問我們的意見時，到底要說實話還是謊話？有時候覺得乾脆說謊話算了，說謊反而不會被處罰。**不是我在說**，我認真覺得大人在問問題前，應該決定好要聽我們說實話還是謊話。不然，我們小孩子會很容易踩到地雷！喔，其實不止是大人，就連我的朋友也一樣！

所以，你認為到底要說實話還是謊話呢？這真是令人頭痛的問題啊！

原本我們只被罰當六個月的義工，但因為阿達曠了好幾節課，就被延長成九個月！今天是我們當義工的第一個星期，阿達被安排在櫃臺幫忙，我負責把書本分類放回書櫃。**不是我在說**，我實在很羨慕他的工作，只要在櫃臺用一臺機器掃描大家要借的書，然後很酷的跟對方說：

比起阿達的工作，我的工作就顯得非常不酷，這讓我覺得太不公平了。

除了阿達以外，還有一個阿達的同班同學跟我們一起在圖書館當義工，阿達都叫他一個字「喂」。我不知道為什麼這個「喂」也要來當義工，不過他的樣子讓我不是很想問他，而且最好不要跟他面對面，對到眼。

剛開始當完義工後回到家，我的全身都會非常痠痛。好險我的好朋友何李羅每天都會到圖書館借書，順便幫我把書分類。媽常常說**出外要靠朋友**，看來一點都沒錯！

起初我們在圖書館幫忙時都沒什麼特別的事發生，後來，當我們越做越習慣，就漸漸放鬆了起來。

再過了一陣子，竟然發現有奇怪的事發生！

學校的圖書館一共有兩層樓。我的工作是先把一樓所有歸還回來的書放回原處，再到二樓做同樣的事。二樓除了有

書櫃以外，還有一些老師用的辦公室和學生用的自修室。

奇怪的是，每天下午五點左右，我和何李羅都會聽到從二樓自修室內傳出噪音，而且幾乎天天都有。

更奇怪的是，阿達每天都會叫我們先回家，自己則留到圖書館閉館才離開，讓我和何李羅沒有機會去查清楚自修室裡的聲音到底是什麼。要我相信阿達認真到願意最後一個離開圖書館，根本比我數學考一百分還要難！更怪的是，他最近每天回家，走路都一跛一跛的。

這實在令人懷疑。

最後，我發現到一個破綻：前天晚上阿達跛的是左腳，昨天晚上卻變成右腳。

我忍不住問他，但他只是很無奈的說了一句話：

這真是不得了！難道阿達在圖書館碰到什麼可怕的妖怪？為了查出事情的真相，我打算明天跟何李羅一起偷偷留到圖書館關門，看看阿達到底在做什麼。當然，我們也想知道，門後的聲音是哪一種妖怪發出來的。

　　原本我只有一點點害怕，但何李羅的各種猜測，讓我越來越害怕……

　　為了對付可怕又未知的妖怪，我決定要做好準備，把該帶的武器帶好，免得明天換我走路一跛一跛。我翻了家裡的東西，卻很難找到對付妖怪的武器。爸媽對家裡買的每樣東西都很小心，深怕小妹會不小心拿到刀子之類的危險物品，所以我們很難在家中拿到任何利器。其實，我們

家最可怕的武器，是在小妹身上！凡是她穿過的尿布，都可以把周圍會呼吸的生物活活弄暈。

但是我實在不想整天帶著小妹的臭尿布，所以到最後，我唯一找到能夠對付妖怪的東西，大概只有這個：

好吧，聊勝於無，總比什麼武器都沒帶來得好。看來，明天過後，阿達要封我為他的救命恩人了！

五十年後的丁小飛：

今天到學校以後，我趕緊跟何李羅商量下午到圖書館對付妖怪的事。我拿出準備好的殺蟲劑，何李羅則說他有更酷的武器，讓我很好奇。

一放學，我和何李羅就來到我們的戰場：圖書館。

和往常一樣，我把圖書館的書分類好，何李羅也幫我一起整理。兩個人分工合作，很快就把書籍都歸位。現在只要等阿達結束他的工作，就可以好好的跟妖怪大戰一場！偏偏今天來借書的人好多，阿達和「喂」兩個人忙了好久才結束工作。我和何李羅就先在旁邊休息，但因為等太久，我們竟然都睡著了。

睡得正熟，耳邊突然聽到熟悉的怪聲！我跟何李羅嚇得從位子上跳起來，才發現整個圖書館變得烏漆抹黑，只剩下那個神祕的房間，門底下透出微微的光。

就在這裡面！

我趕緊拿出我的殺蟲劑，何李羅也終於亮出了他的神祕武器！

看來只能靠我的殺蟲劑了。我猜妖怪是昆蟲類，應該會怕殺蟲劑。就算無法殺死妖怪，起碼可以讓它眼睛不舒服，我們也能順利逃走。我搖了搖我的終極武器，跟何李羅輕輕的走到門口。接著我們互看對方一眼，點點頭，然後就一起衝進去。

我閉著眼睛亂噴一陣之後，張開眼，只看到阿達和「喂」兩人單腳站立著。

不會吧？

搞了老半天，原來這是他們兩個人發明的無聊比賽！他們只不過是在比賽單腳站立，看誰可以站得比較久。至於門後發出來的聲音，原來是遊戲的規則：可以用一根棍子製造噪音來干擾對方，讓對方失去平衡，縮短單腳站立的時間。

結果，我們不但沒有擊敗任何妖怪，還被阿達和「喂」瘋狂嘲笑。為什麼他們要笑呢？原來我手上拿的不是殺蟲劑，而是在家裡媽拿來噴客廳，讓客廳香香的芳香劑。

這真是太丟臉了。

五十年後的丁小飛：

雖然之前很丟臉的誤把芳香劑當成殺蟲劑來對付妖怪，但我想起七龍珠老師常常教我們要**「把不好的結果扭轉成好的動力」**！我下定決心，要將之前誤拿芳香劑被阿達嘲笑的糗事，扭轉成為我的戰鬥力！看到這裡，你一定在想：這有什麼動力啊？五十年後的丁小飛，記不記得阿達剛開始跟爸媽解釋為什麼每天都很晚回家？我終於抓到他的把柄：原來真正的原因才不是像他所說的，要幫助圖書館的同學！他其實是每天跟「喂」在比賽無聊的單腳站立，這可是說謊的行為，我怎麼可能不利用這個機會，好好的跟阿達談交換條件呢？

24

既然這樣，我決定當一個誠實的人，把阿達說謊的事告訴爸媽。因此，我把我的觀察一五一十敘述給爸媽聽，等待他們的反應。原本以為爸媽會稱讚我，然後再好好懲罰阿達。

結果完全不是這麼一回事。當爸媽親自問阿達，阿達卻矢口否認，而且說他是真的在幫助同學。我還把之前拿芳香劑來對付妖怪的糗事搬出

來，想讓阿達啞口無言，想不到他所謂的「一ㄠㄍㄨㄞ」，原來是⋯⋯

好吧，可能我聽成妖怪，但爸媽居然相信阿達的話，認為阿達是在幫助本名為「耀凱」的「喂」。這真的很奇怪，說謊的阿達竟然可以繼續每天留在圖書館跟「喂」比賽，而我這個說實話的好人卻沒有得到任何獎賞，真是太倒楣了！不過算了，七龍珠老師常常說有時候說謊不一定會馬上被拆穿，只是時候未到。**而說實話的人就算沒有被稱讚，但只要問心無愧，也算是一種獎賞。**不過**不是我在說**，其實我也很努力想要認為這是一種獎賞，但執行上有點困難，尤其看到阿達仍然悠哉的進行比賽，讓我很想穿越回到古代，用力敲打大鼓，請包青天大人來評評理！我相信明察秋毫的包公會站在我這邊的。

講到這裡，我想，是時候公布我多年來辛苦隱藏的大祕密了！

五十年後的丁小飛，你現在讀這本日記一定讀得津津有味吧！但其實我還有另一本更精采的，叫做「**小黑本子**」。

小黑本子記錄了許多祕密。如果哪天有人為了這本小黑本子而射出飛彈或自願用幾百萬個電動玩具跟你交換，請不要太訝異，因為它就是如此重要！

這本「小黑本子」記載了所有阿達做過的壞事！那些爸媽從來沒有發現原因的冤案，都一一被我精心記錄在這個小黑本子裡！也就是說，如果我把這些事情拿來威脅阿達，想必他一定會害怕得跪地求饒。

　　一想到這裡，我就覺得世界又再度充滿希望，連晚上睡覺都會笑到把自己吵醒。

　　不過，畢竟我跟阿達兄弟一場，所以我打算在揭露小黑本子以前，先口頭告知他，順便再給他一個改過自新的機會。

如果你現在願意在爸媽面前承認說謊，我就放你一馬！

真的嗎？那我們交換條件如何？如果我承認我是錯的⋯⋯

　好吧，既然他不知道小黑本子的重要性，那就別怪我手下無情了。

　我翻開第一頁，開始研究可以先選哪一件冤案來告狀。不過不是我在說，連我看到以前那些憑著記憶寫出來的事情，也覺得滿無聊的。

當時我覺得很冤枉，但現在覺得這類的案件，包公大人八成也不會願意幫我升堂翻案。

終於，我的眼睛一亮，翻到一個天大的冤情。

記得小妹還沒出生時，我和阿達被安排睡在同一個房間。房間裡有兩張床，我們各睡一張。有一天，我莫名其妙的被他關在隔壁洗衣間，而且不是單純被關著，是被他放到烘衣機裡！當時我年紀太小了，無法記錄這件事。好險我對這件事記憶猶新，所以在開始使用這本小黑本子時，馬上就把這件事寫下來。

昨天晚餐過後，趁著大家都在家，我到媽媽面前把這件委屈的事告訴她。我知道媽媽平常最在意我們的安全問題，所以我很有把握這件事會讓阿達陷入最大的危機。

果然媽媽馬上把阿達找來，直截了當的問他這件事。阿達從容不迫的說，那是因為很久以前，有一個晚上媽媽跑到我們的房間，很開心的問他一件超級重要的事，才讓他決定這麼做。

阿達說是因為他太開心小妹即將要到我們家，所以他馬上就把旁邊的床整理出來給小妹。你知道媽媽怎麼回答嗎？她一直微笑的稱讚阿達，很高興他這麼喜歡小妹，然後只提醒他下次要小心一點。

　　這件事情居然就這樣不了了之。也就是說，這件冤案再度石沉大海！

　　沒關係，好險我的小黑本子記錄了很多類似的冤案。我馬上翻到另一件，這件事情是發生在幼兒園的時候，還一度讓我成為笑柄。

　　小時候阿達常常穿著一件非常酷的 T 恤，上面有恐龍的圖案。我為了跟他借這件衣服，常常得花上許多代價；例如幫他收玩具，或者讓他抱我最愛的小牛枕頭睡覺，甚至還得給他喝我最愛的草莓口味養樂多，喝完後還要幫他丟瓶子。

　　後來有一次，我們在游泳池裡玩「碰到了」的遊戲，這個遊戲就是要在水裡屏氣，看誰先碰到對方的某一個指定部位。比賽的結果是我先碰到阿達的腳趾頭，所以我可以要求一件事。我選擇要他送我那件超酷的恐龍 T 恤，但沒想到阿達居然先下手為強。

回家後，我只好很傷心的把衣服丟掉。當年我搞不清

楚到底是誰做的好事，但永遠記得阿達桌上的那些顏料和

剪刀。

今天晚餐後，我再次把握爸媽在客廳看電視的好時

機，將這件事爆出來，好好告阿達一狀。但這次媽媽很淡

定的跟我說，她沒辦法對這麼久以前的事做評斷。我實在很想跟她說，難道她不知道包公連幾十年的冤案都願意翻案，好讓無辜的老百姓得到應有的正義嗎？

經過我一再的要求，他們決定讓我和阿達在他們面前，兩個人自己搞定這件事。

更誇張的事繼續發生。原本坐在沙發上當旁觀者的爸，突然開始解釋為什麼指甲油只能拿來補絲襪上的破洞，卻不能拿來補衣服上的破洞；然後阿達趁機假裝對指甲油的化學成分有濃厚興趣，問了一堆問題讓爸回答。

也就是說，我含淚寫下的冤案又再度不了了之。

晚上睡覺以前，我關上小黑本子，將它再度放回抽屜，期待哪天還有機會讓它再發揮作用。記得當年買這本小黑本子的時候，文具店的牆壁上貼滿了「記錄生活，實現自我」的標語。**不是我在說**，目前為止我不但沒有實現任何自我，還反而實現了阿達的自我！不知道如果我現在回去告訴老闆，這本小黑本子沒有實現任何自我，老闆會不會考慮退錢給我？

五十年後的丁小飛，

雖然目前為止小黑本子沒有發揮任何作用，我還是決定把它留在身邊，不拿去退錢了。原因是：第一，今天經過那家文具店，我發現老闆竟然已經把標語改成「記錄生活，留住青春！」我猜八成是有人去跟老闆談過之前那個標語的可行性，所以就算了吧！第二，其實在圖書館並不是一直都有事情做，偶爾也會有沒事做的時候；能夠坐下來記錄更多的事情，也是打發時間的方法之一。

說到圖書館，今天阿達的比賽又有新狀況發生！

下午下課後，我帶著無奈的心情到圖書館整理書籍，直到整理結束，都沒有看到何李羅，感覺很奇怪。等我一個人把事情都做完，才看到何李羅的背影出現在二樓自修室門外，彎著腰從小小的鑰匙孔偷看阿達他們的單腳站立比賽。我本來想從後面出聲嚇他，卻被從門裡發出的聲音吸引住，竟然也跟著他一起輪流偷看。

想不到這場無聊的競賽，竟然引來了另外兩個學生，
現在成了四個人分兩組比賽。

不僅如此，這個遊戲還有了新的規定：每人可以帶一個朋友來幫忙，負責在單腳站的時候擾亂對方。阿達和「喂」各自帶了一個朋友，在比賽時這兩個人就負責用棍子發出噪音擾亂對方。**不是我在說**，這個比賽雖然聽起來很無聊，但我和何李羅不知不覺就被這個畫面吸引，有時候還會討論為什麼阿達會輸，為什麼「喂」會贏。我們甚至還為阿達的朋友鼓掌叫好，因為他實在很厲害。就這樣，我們竟然成了這場比賽的觀眾，看得不亦樂乎。

　　更令人不敢相信的是，接下來幾天他們帶進更多的人，組成兩隊比賽！現在一隊有六個人輪流上場比賽，兩隊加起來，共有十二個人比賽單腳站立。

隨著隊員增加，表示有越來越多學生知道這個在圖書館自修室舉辦的比賽，跟我們一起擠在門口看的人也越來越多，但大部分都是高年級的學生。我和何李羅漸漸的被擠到很後面，只能由其他人轉述比賽的實況。

直到有一天，有一個高年級的人跟我們說，

現在開始，只有六年級才能來看，不然位子不夠。

我們就這樣硬生生被踢出比賽的門口聽眾席，完全無法知道裡面發生了什麼事。不過後來聽阿達說，為了不讓學校知道有這個比賽，他們已經決定不再每天舉行，而是不定期舉行，這樣就不會有太多人擠在圖書館。更酷的是，他們還發明了「**通關密語**」！從現在開始，只有知道密語的人，才能進場觀賽。

聽到這個新的入場方式，我簡直興奮到不行！我最愛的電動玩具《忍者刺蝟》裡面，就是需要解碼才能破關，而且要過好幾十關才能得到金幣。

遊戲裡的忍者刺蝟會讓我們問兩個問題，然後從他的回答猜出答案。

我知道了，是西瓜！

Yes！

　　經過多年的電玩訓練，今天終於可以派上用場了！我原本和何李羅約好到自修室守門人前一起闖關，何李羅卻一直沒出現。比賽即將開始，我可不想錯過太多。於是我獨自跑到守門人面前，準備接受闖關挑戰。

不如，你給我幾個提示吧？

就這樣，我硬生生的再次被拒絕在門外，聽著門內的

歡呼聲，心裡真不是滋味。

3 月 21 日 星期 四

五十年後的丁小飛：

你一定覺得很奇怪，為什麼不乾脆直接去問阿達通關密語呢？這你就有所不知了。以阿達的個性，如果讓他知道我很需要他的幫忙，就會跟小時候一樣，要求交換條件。而且通常交換的條件都是讓我寧願一輩子待在圖書館當義工，也不願意答應的事。

45

　　不是我在說，這個時候又是拿出小黑本子的最佳時機！雖然我前面幾次試著揭發多年的冤案都沒有成功，但**「努力不懈」**和**「永不放棄」**這兩句成語就是我現在需要勉勵自己的座右銘。我相信鐵面無私的包公絕對會再度替我加油的。

上小學之後，我和阿達常常為了很多事吵架，甚至有事沒事還會互相拳打腳踢。還記得媽媽為了讓我們兩個和平相處，嚴格規定只要她看到我們動手動腳，就會罰我們幫小妹換尿布和洗馬桶。我和阿達為了躲避這嚴厲的處分，很有默契的發揮臨場反應，演了好幾齣戲。

其實曾經有好幾次很驚險的情況，好在阿達反應很快，總是能化險為夷。但很不幸的，有一次爸媽不在家的時候，我們為了搶電視遙控器，居然把電視弄壞了。

後來那臺電視時常會突然出現雪花。為了不讓爸媽發現是我們弄壞的，阿達只好隨便瞎掰說他看到小妹用玩具槌子一直敲電視，電視才會有點壞掉。

我將小黑本子翻來翻去，決定把這件事拿來跟阿達交換條件，要他趕快把通關密語給我！

想不到他沒有任何慌張的神情，只提醒我一件事：

我不會給你的。電視那件事，如果你跟爸媽說的話……

別忘了你也會一起被處罰喔！是我們一起弄壞的！

說的也是。但是如果能夠因為犧牲小我而讓小妹洗刷冤屈，那就乾脆跟阿達一起洗馬桶和換尿布吧！

正當我想跟媽說這件事的時候，阿達居然搶先一步，出現在電視前抱著小妹，一起看《冰雪奇緣》DVD。不但如此，他的眼中還充滿淚水，讓媽忍不住走過去問他怎麼回事。

冰雪奇緣實在太感人了！尤其安娜說她姊姊絕對不會傷害她那一段……我也絕對不會傷害我的弟弟妹妹的！

所以媽，我要坦承，小時候我和小飛弄壞電視都是我的錯，要罰就罰我！不要罰小飛。

這……

然後你猜猜看懲罰是什麼？

就是我們要一起陪小妹連續看五次《冰雪奇緣》，而且還必須假扮成公主給小妹看。

搞了老半天，我不但沒有拿到通關密語，也沒有拆穿阿達的謊言，還犧牲自己扮成公主，真是太划不來了！我開始對於辛苦記錄的小黑本子感到失望。

想來想去，還是要靠我的最佳夥伴——何李羅，來解決這個通關密語的問題。

何李羅聽到我昨晚給守門人的答案後笑個不停，笑到連掛在臉上的眼鏡都歪掉了。笑完後，他很正經的跟我說：

我猜現在學校一定有其他人，開始流傳阿達在圖書館舉辦單腳站立比賽的事，因為一到下課時間，居然有好多人在打聽通關密語是什麼。一看到這種狀況，我就不由自主的偷笑，很慶幸自己被學校罰到圖書館當義工。我在圖書館可以用最快的速度衝到門口排隊搶位子，進場根本不會有問題。

今天下課鐘聲一響，我和何李羅就趕緊衝到圖書館，用最快速度把所有的書排好放整齊。而阿達跟平常一樣在

櫃臺工作，好像完全不知道他們的比賽竟然引起這麼多人的注意。

到了圖書館閉館的時間，我和何李羅早就到自修室門口前排好隊，準備進場。我往後一看，很滿意自己排的位子——我們是第一個排在門口的人，看來進門是絕對沒問題。才不到五分鐘，就至少有十幾個人排在我後面。

大家一邊排隊，一邊討論晚上會勝利的是哪一隊。我注意到後面有些人拿紙在抄寫，所以忍不住請何李羅先幫我保留位子，好去看看大家到底在寫什麼。原來是有人仔

細研究了這兩隊的每一位隊員，將隊員的姿勢、強弱……

等特點記錄下來，再廣發給其他的觀賽者。

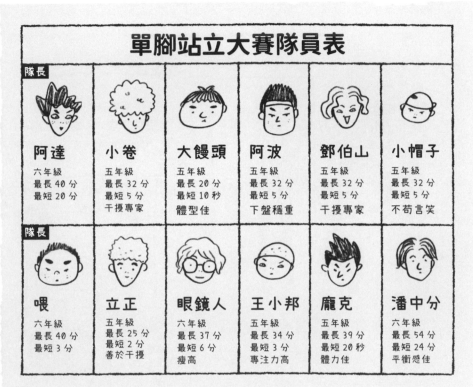

單腳站立大賽隊員表

隊長					
阿達	小卷	大饅頭	阿波	鄧伯山	小帽子
六年級	五年級	五年級	五年級	五年級	五年級
最長 40 分	最長 32 分	最長 20 分	最長 32 分	最長 32 分	最長 32 分
最短 20 分	最短 5 分	最短 10 秒	最短 5 分	最短 5 分	最短 5 分
	干擾專家	體型佳	下盤穩重	干擾專家	不苟言笑

隊長					
喂	立正	眼鏡人	王小邦	龐克	潘中分
六年級	五年級	六年級	五年級	五年級	六年級
最長 40 分	最長 25 分	最長 37 分	最長 34 分	最長 39 分	最長 54 分
最短 3 分	最短 2 分	最短 6 分	最短 3 分	最短 20 秒	最短 24 分
	善於干擾	瘦高	專注力高	體力佳	平衡感佳

看著紙上的阿達，一時之間還真是不敢相信他居然成

為明星隊員！平時的阿達經常在沙發上看電視看到呼呼大

睡，功課沒交又自以為有超能力，現在竟然成了學校的風

雲人物！

這時，守門人終於來了。

大家七嘴八舌，興奮的往前擠，準備說出通關密語。

我和何李羅走近守門人，還沒等他開口，我就很得意的對

他說：

我知道密語了！
是 ninja！

密語是正確的，但是從
現在開始，一定要有邀
請函才能進去看。

什麼？

不會吧。我們還沒回過神，

守門人已經大聲叫後面排隊的人

把邀請函拿出來，才能進場。我

和何李羅就這樣眼巴巴看著從後

面走上前的那些人拿出邀請函，

神氣的進入場內，留下一半以上的人在門外。大家很無奈

的你看我，我看你，不知道該怎麼辦才好。

這下真糟糕。

好不容易跟何李羅想出來的通關密語，現在卻完全派不上用場。就連我的寶貝祕笈小黑本子也都無法發揮作用。難道，我真的要跟阿達交換那些可怕的條件，才能進場觀賽嗎？

五十年後的丁小飛：

自從阿達的單腳站立比賽需要通關密語才能入場觀看，我的人生就與**悲慘**畫上等號。如果小黑本子一直發揮不了作用，我就得硬著頭皮向阿達低頭要通關密碼和邀請函。要我低頭跟阿達交換條件實在是一件很痛苦的事。因為他要我做的事情，實在太不合理了，光是聽到前三項，我就已經開始全身冒冷汗。

幫阿達洗球鞋

幫阿達放熱水洗澡

打電動破關要寫阿達的名字

闖關成功！
1. 阿達
2. 小飛

我沒有馬上答應阿達的條件，只跟他說我會好好考慮。我打算私底下跟何李羅仔細研究，看有沒有別的方法能取得通關密語和邀請函。其實，我偷偷希望何李羅聽完阿達的條件後主動幫我做這些事，因為他常常主動幫我和阿達完成爸媽要我們做的事。

幫你換新的尿布！

那我先去看電視嘍！

太好了，沒人跟我搶電動！

畢普！

　　何李羅是他們家唯一的小孩，所以很羨慕我有哥哥和妹妹。果然不出所料，我還沒抱怨完阿達的條件，何李羅就毫不遲疑的主動跟我回家，準備完成阿達要求我做的所有事。

　　正當何李羅要開始幫阿達洗球鞋時，被媽逮個正著，打壞了我的如意算盤。不只如此，阿達還很生氣，因為他在圖書館的比賽差點被發現。要是被媽知道，阿達肯定得被罰留在圖書館當義工到 80 歲。

不是我在說，為了幫阿達一起說這個謊，不讓爸媽知道有這個圖書館的單腳站立比賽，這陣子我也陷入了危險狀態。阿達已經好幾次差點被爸媽發現，也有好幾次被老師和學務主任懷疑。大家都知道阿達是我的哥哥，所以我在學校經常被大家問，逼得我只好繼續幫他說謊。

但是我不得不佩服阿達，他說謊的功力真是高深莫測！如果有說謊大賽，冠軍絕對非他莫屬。他連哪一天說過什麼話都記得很清楚，而且他的解釋常常讓人無法再問下去，也不想再繼續聽下去，所以這應該也算是他的專長吧！但奇怪的是，如果你問他三分鐘前念過的書，他永遠不會記得。

今天下午我和何李羅在圖書館整理完最後幾本書後，帶著無奈的心情從阿達比賽的自修室前走過。經過門口時，我們都聽到裡面熱烈的喊叫聲和鼓掌聲，心裡真的很不是滋味。

真奇怪，明明阿達是被罰到圖書館當義工，為什麼他可以占用自修室舉行比賽，還引起這麼多人的注意？更重要的是，怎麼都沒有人拆穿他呢？

五十年後的丁小飛，接下來我要告訴你一件**驚天動地**的事！你準備好了嗎？

原本我和何李羅已經走出校門要回家，突然發現我的便當袋是空的！原來我又忘了拿便當盒。這已經是我今年第十二次忘了把便當盒拿回家了。你一定覺得很奇怪，我怎麼知道是第十二次呢？因為媽把我跟阿達忘記帶便當盒的次數記錄成一張表貼在冰箱上，讓我不記得都不行。

這陣子阿達在學校大展威風，想想我要是連帶便當盒回家的次數都輸他，那不是太遜了嗎？所以我叫何李羅先回家，自己再回教室去拿。

還沒走進教室，就遠遠看到教室的燈沒有關，而且好像聽到有人在說話。

之前我一直以為圖書館裡有怪物，結果只是阿達和「喂」在比賽。現在又聽到從教室傳來奇怪的聲音。所以我就安慰自己，一定不是什麼大不了的事，不用太害怕。話雖這麼說，我還是忍不住趴下來，用爬的方式進教室。我想要是真的有什麼妖怪，用爬的姿勢逃跑也會逃得比較快。不過，我可能想太多了，要是真的有怪物，它應該對我的便當盒也不會有任何興趣。

我想通了以後，開始緩慢的往前爬行。

搞了老半天，原來只是我們班上的一些同學圍在一起看東西，而且歡呼聲連連。我偷偷的從後面鑽進人群裡，看到班上的「躲避球王子」金思高戴著一副眼鏡，嘴裡唸唸有詞。我越靠越近，居然聽到令我不敢相信的事情！

這真是太酷了！我跟大家都用羨慕的眼神望向戴著眼鏡做實況轉播的金思高，直到他宣布哪一隊獲勝。

這到底是什麼眼鏡呢，怎麼這麼酷？大家一邊歡呼一邊討論比賽結果，但我還是無法回過神。最後，我忍不住跑去問金思高這副眼鏡的由來。

果然非常 Smart，是一副「聰明眼鏡」！任何人只要戴了這副眼鏡，看起來都會很 Smart。我記得何李羅曾經說過這種聰明眼鏡很厲害，就好像一臺小型電腦，不但可以錄影，可以照相，還可以上網知道全世界發生的事！我沒想到它竟然活生生的出現在我眼前，真是太不可思議了！

現在有一種「Smart 眼鏡」就像手機和平板電腦一樣，戴上就可以遠距離遙控和作業！

我想起來了，何李羅好像有提過……

接下來每個人都用羨慕的眼神看著金思高，跟著他走出教室，還有人幫他拿書包和便當袋，只剩下我一個人在教室。我一時無法恢復訝異的心情，因為聰明眼鏡實在太酷了！簡直就像電影裡的偵探或特派戰士才會有的東西，而它竟然真的出現在我眼前。

好不容易回過神，我慢慢的走出教室，回到家後才發現：今天是我第十三次忘記帶便當盒回家。

五十年後的丁小飛：

自從親眼看到金思高的聰明眼鏡後，我就決定要「再度」把他視為我的頭號對手。他曾經在我和班長程友莘聯手舉辦的「地球日」那天，在眾目睽睽之下，用躲避球打敗我。幸好，後來經過班長程友莘的鼓勵，我才漸漸釋懷。

回家後，我特地把抽屜裡面所有珍藏的寶貝都拿出來，看看有沒有比那副眼鏡更酷的東西，好讓我搶回大家羨慕的眼神。但是很不幸的，我之前認為很酷的東西，跟金思高的眼鏡相比之下，就顯得非常不酷。

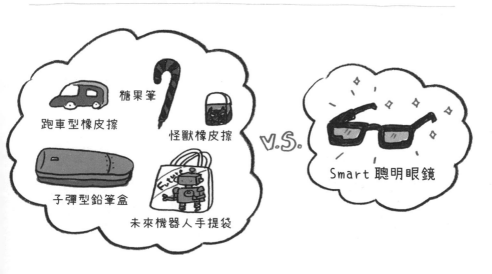

我忍不住跑到爸媽房間，想要問他們有沒有像金思高那樣的聰明眼鏡可以借我？搞不好這個東西在大人的世界裡是很普通的——你知道我在說什麼嗎？有好幾次我發現同學們拿的東西，我都沒有看過，爸媽也說世界上很少人有這種東西。可是有一天我突然發現，原來在大人的世界裡，這種東西是很普遍的！不但如此，竟然每個人都有！

一出門就發現怎麼每個人手上都有啊……

搞了半天，原來爸媽也有……

爸聽完我對聰明眼鏡的描述後，先跟我講了一大堆這種眼鏡的歷史。

聰明眼鏡是由瑞士的沙拉拉博士所研發的。剛開始實驗室只有五個人，後來擴展到二十六個人，接著有喬治博士加入，開始正式將聰明眼鏡推到市場……

又來了……

爸，講了這麼多，到底我們家有沒有啊？

當然沒有啊，小飛。

我很不滿意爸給的答案，就再跑去問媽；想不到媽聽完後，直接跟我說：

如果真的這麼想要，就好好念書，以後自己發明一個，不是更酷嗎？

我就知道媽會這麼說……

就這樣，一切又回到了原點。但是我想了想，還是決定不要這麼快就放棄！

爸媽經常跟我說，就算目的沒有達成，也要盡全力朝目標靠近。所以我打算好好向爸媽說明聰明眼鏡的好處，搞不好他們聽完後會願意幫我買一副。

我回到房間，繼續翻找抽屜，尋找可以跟聰明眼鏡匹敵的東西。這時，突然有人走進我的房間，回頭一看，原來是爸。他拿了他的平板電腦到我面前，要我跟電腦裡的人打招呼。

我一看，原來是住在鄉下的爺爺！

都過了一個小時，爺爺打鼓還是沒結束……

跟爺爺結束視訊後，我上完廁所準備睡覺。一經過阿達的房間，又看到他在練習單腳站立。本來我打算直接回自己房間，但卻在他那像垃圾山的房間裡，看到一個天大的機會！

　　不過在跟你解釋這個機會之前，先說說阿達這間被我們稱作「**垃圾處理中心**」的房間好了。我敢保證第一次來我們家的人，會以為他的房間遭小偷，地上全部都是東西，連床上也有，更厲害的是連從天花板垂下來的燈具上都有。只要可以放東西的地方，阿達都不會錯過。

　　第一次看到阿達房間的人，也有可能以為這個房間曾經被外星人炸彈轟過。連阿達自己都忘了到底他房間鋪的是地毯還是木板，因為東西實在太多了，完全看不到地面。

　　總而言之，阿達跟他的「垃圾處理中心」相處得很融洽，就好像爺爺常說他庭院裡的花草雖然長了很多蟲，但日子久了就會很自然的找出一個和平共處的模式，反而成為一個和諧的生態。

　　我想阿達也是一樣。就像我現在走進他房間，他眼睛都不用張開就知道我在他房間裡，而且還能回答我的問題。

聰明的你一定知道我當然不是要找闖關祕笈，是為了離牆壁上那張海報近一點。是的，我的機會就是在那張海報……的後面！這也是我那本小黑本子裡所記錄的最後一項超級無敵大冤案。至於為什麼之前沒有發現這件天大的冤案呢？有時候**聰明的人也會被聰明誤**，我就是被當年

的自己給誤到了。為了不讓任何人發現，我在記錄這件冤案時，選擇用沒有筆芯的自動筆用力刻在本子的最後一頁。偏偏後來小妹在上面畫了很可怕的

用無筆芯自動筆刻下的無字天書

小妹的傑作

圖案，導致前幾天我在「翻案」找機會跟阿達交換條件時，完全忽略了這一頁。

　　這件事可是所有冤案裡，最震撼的一件！這件事即使是包公聽了，都會震撼到晚上睡不著。

　　是這樣的。大概是從兩年前開始，阿達迷上了忍者。他為了當上忍者，嘗試做了許多讓人無法理解的事。

湯匙趕快起來餵我……

鉛筆趕快起來幫我寫功課……

　　去年他看了一部關於日本忍者的電影,於是開始想練習飛簷走壁。

　　他選擇先練習爬牆,但無論怎麼練都沒有成功。後來他突發奇想,乾脆把很多很多的雙面膠黏在牆上,又黏在自己的鞋底,以為這樣就可以貼著牆壁走。

結果當然是很慘。他摔了好幾次，連小妹看了都會跑到旁邊幫他「呼呼」，還貼上可愛的 Hello Puppy OK 繃。有一天我放學回家，看到他又在練習爬牆，我就在一旁邊吃零食邊觀賞，然後不小心親眼目睹這個超精采的鏡頭！

發生這件事以後，阿達為了不讓我去跟爸媽告狀，很大方的送我他收藏已久的跳跳糖，是舅舅從日本買回來的。

於是，我就這樣被跳跳糖收買了。阿達後來把海報貼在洞口，以免被爸媽發現。我相信冬天的時候他一定很痛苦，因為據我所知，那個洞是直接穿到房子後面的窄巷。

我拿著我的闖關祕笈迅速離開這個垃圾處理中心，心中燃起熊熊的火 —— 相信這次一定可以搞定阿達，拿到通關密語和邀請函進入到現場觀賞比賽，就不用再見到金思高愛現他的聰明眼鏡了！

五十年後的丁小飛：

這幾天真是令人感到很無力。不但無法觀賞阿達的單腳站立比賽，還得繼續忍受金思高的愛現。

五十年後的丁小飛，在這裡跟你報告一下，很可惜那件會讓包公震撼到從床上跳起來的大冤案不但沒有任何幫助，反而還讓我的**處境以光速降落在更慘的光景。**

怎麼說呢？這真是說來話長，讓我長話短說吧！

原本我以為把阿達弄破牆壁這件事拿來作為交換條件，阿達就會把通關密碼和邀請函給我。但他說他絕對不會給我，還提醒我，如果真的要跟爸媽告狀，就得買一包跳跳糖還給他。

我想想也有道理，我的確吃掉了他給我的跳跳糖，所以很有良心的用零用錢買了一包跳跳糖還給他。

接下來我把阿達弄破牆壁的來龍去脈說給媽聽，還帶她到阿達的房間看海報後面的洞。果然，媽一撕開海報，後面的洞依然存在，而且還有微微的冷風吹進來。晚上吃完飯後，媽把阿達叫到客廳，然後問阿達：

阿達，你覺得自己應該受到什麼處罰？我們想聽聽你的想法。

我覺得自己應該在圖書館多待三個月。這陣子在圖書館工作，我覺得自己安靜了下來，對我幫助很大。

雖然很不願意，但這大概是對我最有幫助的方式。

爸媽都覺得這個處罰很好，而且他們本來就覺得我們在圖書館當義工是很有意義的事，所以這個案子就這樣結束。接下來媽會請人把牆壁的洞補好，免得又有風吹進來。

五十年後的丁小飛，你一定跟我有同樣的想法：這真是**有史以來最像獎賞的懲罰**！一旦阿達延長他在圖書館當義工的時間，這個單腳站立比賽就會持續進行──這對我一點好處都沒有，我相信連包公都會贊同我的看法。

問題一：覺得阿達這次的處分不合理的，請舉「○」！

到頭來我不但沒有拿到通關密語，還自掏腰包買了一包跳跳糖給阿達，真是損失慘重。我決定不再依賴這本小黑本子，也不要再相信包公會幫人翻案了。靠人不如靠己，看來我還是得自己想辦法才行。

爸媽一直以為我會這麼懊惱，是因為沒有得到像金思高那副超酷聰明眼鏡。其實他們不知道，整件事我最在意的是無法看到阿達的比賽。原本我打算好好跟爸談一談阿達單腳站立比賽的事，但是後來我漸漸發現，其實這件事對我來說還是有一點點好處。

　　就好像今天爸為了安慰我沒有聰明眼鏡，竟然帶我去吃隔壁巷子裡的「阿飛冰淇淋」！

　　說到這家冰淇淋店，首先我對它的店名印象非常深刻，因為有一個字跟我的名字一樣。冰淇淋店的老闆叫做「阿飛」，所以叫做「阿飛冰淇淋」。他們店裡最有名的口味叫做「天空飛飛冰淇淋」，真的是超級無敵好吃！為什麼叫做「天空飛飛」呢？因為冰淇淋的顏色像天空的淡藍色，裡面還有像雲朵一樣的白色。我還記得小時候用舌頭舔了一口，舌尖會有淡淡的甜味和清涼的薄荷味，感覺好像真的飛上了天。更奇妙的是，冰淇淋一旦吞到肚子裡，又會出現好多水果的味道，感覺好像吞進一道彩虹。

這家阿飛冰淇淋店已經開了好久好久，從我有記憶以來，這家店就一直存在。但爸媽為了不讓我們吃太多，規定只有「特別的日子」才能來吃。有時候為了不讓我們有機會經過冰淇淋店，他們還會故意繞道而行。老闆阿飛每次遠遠看到我們，都會很熱情的跑過來想要跟我們打招呼，不過爸卻一直迴避他，讓我覺得很奇怪。

後來這家阿飛冰淇淋又開了好多家分店，爸媽每次都得繞好多路，才能避免我們看到。

傍晚我和爸兩個人坐在店裡，享受著好吃的「天空飛飛」，感覺好像我們兩個人坐在雲上吃冰淇淋呢！我最喜歡在開始吃以前，先把冰淇淋轉動一下，用眼睛欣賞冰淇淋上面的白色雲朵。不過很可惜，那些雲朵無法像 3D 效果一樣動來動去，不然就可以嚐到飄來飄去的雲朵，那才是世界超級無敵的酷！

這時，老闆阿飛從櫃臺看到我們，熱情的帶著微笑走過來，想要跟我們打招呼。爸一看到阿飛走過來，臉上一陣錯愕，接著開始緊張冒汗，好像有什麼祕密。我為什麼會知道呢？因為爸每次有祕密又不肯說的時候，就會假裝很忙逃離現場。

一回到家，媽和小妹就在客廳迎接我們。我的眼睛馬上被媽手上的東西吸引，睜得好大好大……

原來是爺爺之前說過要送給我的新書包！不只我有新書包，阿達也有！不知道明天我背新書包到學校，會不會像金思高一樣，成為大家包圍羨慕的對象？真是太令人期待了！

五十年後的丁小飛：

上次跟住鄉下的爺爺用平板電腦連線時，他大概是看到我失落的表情，所以寄來兩個超級無敵酷的書包送給我和阿達，就連小妹也有一份禮物。

不過說老實話，看到小妹收到的禮物，我寧願什麼都沒有。

五十年後的丁小飛，你一定還記得這個書包有多麼厲害吧！它不但是會反光的黑色，上面還有那種會變圖案的機器戰士——從不同的角度看，會有不同的圖案出現。除此之外，書包兩側各有一個口袋，一個用來裝水壺，另一個不知道是做什麼用。我在上學途中，就已經感受到不少讚嘆和羨慕的眼神，真是令人開心。

果然不出我所料，一整天在學校，我的新書包成了大家矚目的焦點。起初大家都沒有注意到我今天背了新書包，所以我就變了點花樣來吸引大家的注意。

為了讓我的新書包有更多亮相的機會，每節下課我都刻意把書包放在桌上，從裡面拿出不同的鉛筆和筆記本，再故意用慢動作放回去。不但如此，我還會讓大家圍過來試背我的書包，讓他們好好研究反光的圖案！

放學後，當我正要背起我的超酷書包，思考書包側邊的口袋可以裝什麼時，金思高走了過來。

金思高說完後，很威風的把眼鏡拿起來，戴在臉上。

不用我說，大家的焦點瞬間就從我的新書包轉移到他的聰明眼鏡，同學們又開始接二連三的發出讚嘆。

金思高趁著空檔，把聰明眼鏡的祕密說給大家聽：原來，聰明眼鏡裡看到的影像，是由另一頭的接收器傳過來的；也就是說，一定要有人用接收器在比賽現場拍攝畫面，才能讓戴眼鏡的人看到，就好像看電視一樣。

這讓我很好奇：在阿達那裡負責用接收器拍攝的人是誰呢？我很認真的開始回想參加比賽的成員有哪些，想著想著，耳朵好像聽到一個聲音……

思考中

丁小飛，你新書包旁邊的口袋要是能裝聰明眼鏡，就太酷了！難道……你也有聰明眼鏡？

嗯，我也有……

思考中

啊？什麼？

平常講話永遠講不清楚的巧克力，這回倒是講得很大聲。他不停的重複我說的「我也有」三個字，讓我一時之間無法回應。

我看著周圍，發現有好多人也在重複這一句「我也有」！糟糕，這下說錯話了。

接下來發生的事，就真的不能怪我了。

大家看我的眼神……實在太熱情了，就好像他們看著金思高的聰明眼鏡那樣，或是班長程友莘最愛看的漫畫裡，男女主角眼睛裡充滿星星的那種眼神！不只是巧克力，就連金思高看我的眼神都充滿了星星。我原本只是想微微點頭，趕緊結束這個話題後就離開教室，但大家的讚嘆聲持續響起，而且越來越大聲。正當我的一隻腳準備踏出門口時，就被某個人拉回教室，接著大家很慎重的問我：

所以，我就這樣將錯就錯，繼續錯下去了。

嗯……有……有啊。
聰明眼鏡，
有的。

話一說完，我拔腿就跑，離開教室。

我在心裡不停的告訴自己：沒關係，這件事一定會不
了了之的，大家隔天就會忘了。

五十年後的丁小飛：

雖然我一直跟自己說大家隔天就會忘記關於聰明眼鏡

這件事，但說謊有一個壞處，那就是：

身邊會一直有人不停提醒你說謊的事！

這種感覺真是太糟糕了！就算我想忘記，卻老是覺得身邊的人故意不停提醒我……真奇怪，難道世界上每個人都知道我說謊了嗎？

今天早上跟爸媽到教會後，我和何李羅一邊跟著其他小朋友唱詩歌，一邊覺得上帝也在問我有沒有聰明眼鏡這個問題。就連上兒童主日學的課程時，也感覺所有人都在懷疑我。

兒童主日學結束之後，我坐在何李羅旁邊準備吃午餐。大概我心不在焉的態度讓他感到很無聊，所以他開始跟我詳細描述昨晚電視節目《超級頭腦》的內容。我知道這是他最愛看的益智比賽節目。每次比賽會有來自兩個不同學校的代表參賽，並且以搶答的方式進行。何李羅不僅知道每一題的答案，而且回答得比參賽者更快，真是太厲害了！不是我在說，他不去參加這個比賽，真是太可惜了。

　　之前經過何李羅不停的堅持和遊說，學校終於答應由他代表參加節目。何李羅親自選了班長程友莘和一位別班同學參加；偏偏到了上節目前一晚，那位同學卻突然發生一些奇怪的事，迫使他們退出比賽。

那次的突發狀況讓何李羅等了將近兩個星期，才又有機會參加節目。

但是，想不到同樣的事又再次上演。在去電視臺的前一天，同一位隊員又再次發生奇怪的狀況，讓他的美夢再度泡湯。

就這樣，又過了兩個星期，何李羅終於再度接到電視臺的通知。

他很興奮的跟我說，再過兩個星期，他將正式代表學校參賽！只不過，他實在很害怕這個隊員又會臨時出狀況，所以一直無法決定到底要不要去。

何李羅講得口沫橫飛，但我只是一直點頭，完全沒有在聽他說了什麼。腦海裡，還在想著我不小心說謊的事。結果，不專心的後果竟然是這樣……

天啊，上帝，難道我又被你處罰了嗎？

不是我在說，如果跟何李羅講實話，他一定會要我跟大家坦白的。但是現在這麼多人知道了，我怎麼可能跟大家宣布我在說謊呢？要是被大家知道我其實沒有聰明眼

鏡，他們一定會給我貼上一個大標籤，送我一個很可怕的綽號；很有可能是「**小木偶**」或「**說謊大盜**」之類的。每次大家一想到我，就會把我跟不誠實的壞學生連在一起，這種感覺實在太可怕了。不行、不行，我絕對不能讓這種事發生！

但現在令人煩惱的是，何李羅不停問我關於聰明眼鏡的下落，而且還堅持要跟我回家看看這副眼鏡，真是太糟糕了。怎麼辦？為了分散他的注意力，我只好不停問他有關《超級頭腦》的細節。

這……

對了，丁小飛！你可以一起參加嗎？既然你這麼有興趣，不如你跟我們一起參加好嗎？

說真的，何李羅每天跟我一起到圖書館當義工，實在很夠義氣。無論如何，好像都應該幫他這一次。再來，我一旦答應上節目，他應該就不會再問我有關聰明眼鏡的事了吧？他的目標就會是贏得節目冠軍，應該沒有心思再來關心我的眼鏡了。

為了這個原因，我只好答應他了！

耶！太好了！

唉，好吧。

我發現為了這個謊言，我的犧牲好像越來越大了……

五十年後的丁小飛：

我一定要提醒你一件非常重要的事。以後抄別人的考卷一定要選對人，不然就會跟我昨天一樣倒楣，被七龍珠老師叫到教室後面罰站。

昨天七龍珠老師發給我們上星期考的考卷，奇怪的是，我的考卷不但沒有分數，還有一題被老師用紅筆圈起來，旁邊被畫了一個很大的問號。

姓名：丁小飛
號碼：21
分數：

1.臺灣的國花是： 梅花
2.臺灣最高的山是： 我也是。
?

下課後，七龍珠老師把我叫到她面前。

她說，首先，沒有一座山叫做「我也是」。再來，她認為我是抄坐我右邊的巧克力的考卷。我不知道為什麼她會這麼說，但我後來承認了。因為她把巧克力的考卷拿給我看，讓我不得不承認我的答案的確是根據他的答案寫的。

姓名： 李克巧
號碼： 13
分數： 70

1. 臺灣的國花是： 梅花 ✔
2. 臺灣最高的山是： 我不知道.

　　我在罰站的時候，注意到坐在最後一排的金思高在課堂上，有事沒事會拚命的把一隻手握成拳頭，然後再用另一隻手掌用力的壓住拳頭的每一個關節，發出「咔啦咔啦」的聲音。其實這並沒有特別奇怪，因為我偶爾也會看到阿達這麼做，不過接著我還注意到另一個奇怪的現象：金思高的每一根手指都好紅，不但長了好多的繭，看起來也十

分粗糙。不但如此，他「咔啦咔啦」完以後，還會很緊張的把手放進口袋，似乎很怕被人看到。

　　到底為什麼金思高的手指上都是繭呢？我猜想，會不會金思高根本不像大家所講的那樣家裡很有錢，搞不好他的手指長繭是有別的原因。

　　下課鈴聲一響，我決定要做一件事。我打算先把金思高手指長繭的原因調查清楚，再來跟他好好談一談。

如果真的如我想像的那樣順利，我就可以拿金思高手指長繭的祕密當作交換條件。想到這裡，我覺得人生又充滿了希望。

據我所知，金思高就住在何李羅家附近。我今天打電話給何李羅，故意說要去他家看以前錄下來的《超級頭腦》影片，好讓自己有點準備。何李羅聽了很高興，拚命在旁邊解釋好多節目進行的方式和需要注意的地方，但坐在一旁的我早已神遊到金思高家裡了。

我馬上跟何李羅說我家裡有事，離開他家往金思高家的方向走。一走到金思高家門口，就看到一位老先生在庭院裡掃地。老先生穿著看起來很高級的制服，對我說：

一聽到他稱金思高為「金少爺」，我的心中又浮起一堆問號。既然這個老先生稱他為「金少爺」，可見金思高不是我猜想的那樣需要在家做苦工，那到底為什麼他的手指會那樣呢？

我照著這位老先生的指示，走到一間看起來很高級的運動中心，一走進那種三百六十度旋轉的玻璃門，就聽見金思高的叫聲從上面傳下來。我抬頭一看，果然是金思高！他正在爬一座很高很高的牆，雙手發抖，下面則站著一位疑似教練的大哥哥在鼓勵他。

看到金思高這麼害怕，實在讓我很驚訝！我跟金思高同班這麼久，每次遇到體育活動，他總是看起來超有自信，而且輕而易舉就完成各種活動。我跟何李羅就完全不是這樣，我們總是要花比別人更多的時間練習，才不會落到最後一名。

　　我們班上一直流傳著金思高家族的故事，很多人說金思高的爸爸以前曾經是棒球國手，媽媽是體操冠軍，爺爺是馬拉松紀錄保持人，奶奶是國家排球隊隊員，就連他們家的馬，都曾經得過賽馬冠軍。

　　雖然攀岩的難度很高，但金思高天生有這樣厲害的家庭和基因，我還以為他應該不需要練習就很會爬了！接下來金思高爸爸嚴格訓練他的這一幕，更是讓我久久無法忘懷。

其實我看到金思高的表情，很替他感到難過。我覺得他現在的情況跟我很類似，都是為了**不讓大家看扁**，為了讓大家有著羨慕的眼神而努力。我默默的走出運動中心，就在要跨過大門以前，忍不住回頭望著上面的金思高，在心裡為他加油。

雖然看不清楚他的表情，但我發現他也正面對大門這個方向，讓我開始有點擔心──糟糕，他該不會是看到我了吧？

我趕緊拔腿就跑，頭也不回的跑了將近十分鐘才敢停下來。

　　現在我的腦海裡一直在想一件事：我要不要用這件事來跟金思高作為交換條件，叫他不要再帶聰明眼鏡來學校了呢？

五十年後的丁小飛：

我實在不知道去參加《超級頭腦》是好事還是壞事。

如果硬要說是好事，那麼五十年前的你可能會因為這件事而上報紙頭條。

但如果是壞事，很可能報紙上的標題會變得很不一樣。

不過我現在沒有任何時間想這個,因為我有更重要的事情要擔心。今天上學途中,立刻有人跑來問我有關聰明眼鏡的事,而且我還沒有開口,就有人熱情的幫我回答了。

　　今天放學的時候，我一聽到下課鐘響立刻拔腿就跑，因為我很怕金思高一拿出他的眼鏡，就有人又要問我同樣的問題。只可惜我慢了一步！不過我注意到金思高今天的表情跟之前很不一樣。不知道是因為我心裡很擔心，還是因為我昨天看到他的另一面。他看我的眼神不再像以前那樣得意，反而有點慌張。

　　他走到我面前，還是問了一堆我最不想聽到的問題。

怎麼辦呢？我一定得要繼續掰下去。但是我從來沒有拿任何東西去維修過，所以還真掰不出來。這時我從眼角餘光看到何李羅走過來，立刻感覺他會是我的救星！果然不出我所料，他在完全不知道發生什麼事的狀況下，幫我解圍。

就是我的小妹，她把眼鏡踩壞了！

就這樣，我鬆了一口氣，算是過關了。我趕緊把機器戰士書包背好，快步走出教室往圖書館走去。何李羅跑過來跟我一起走去圖書館，他又開始問了許多關於聰明眼鏡的事。

為了不讓他一直問下去，我只好硬著頭皮把參加《超級頭腦》的事情搬出來，希望可以轉移他的注意力。

你的聰明眼鏡怎麼被小妹踩壞的啊？

喔，那不重要。對了，《超級頭腦》的事要開始進行了嗎？

啊，對了！下午在圖書館忙完後，到我家練習吧！

果然，這招非常有效！他一聽到《超級頭腦》就興奮得不得了，還準備要幫我補習。

沒辦法，雖然我實在不想在電視上丟臉，但為了制止他問我聰明眼鏡的去處，我只好硬著頭皮跟他一起參加《超級頭腦》。

　　但是，在我們快要走到圖書館時，他跟我說了一個很棒的消息，讓我又再度燃起了希望！

　　哇！十萬元！這很有可能是我人生中最有錢的一刻！如果拿到十萬元，搞不好可以說服何李羅和程友莘，大家一起買一副聰明眼鏡，這樣我就不用再騙大家了！好吧，

為了不讓自己再說謊，看來我要好好的跟何李羅準備比賽才行。我們在圖書館忙完後就直接去他家。一到他家，就看到程友莘已經在門口等我們。

首先，程友莘對我們精神喊話，說什麼我們是代表全校參加《超級頭腦》，也象徵我們對知識的追求……等。接著何李羅把之前節目裡出過的題目卡全部拿出來，擺在地上讓我們復習一遍。**不是我在說**，他真的是這個節目的超級無敵粉絲，因為房間地上擺滿了題目卡，而大部分的問題，我都不知道答案。

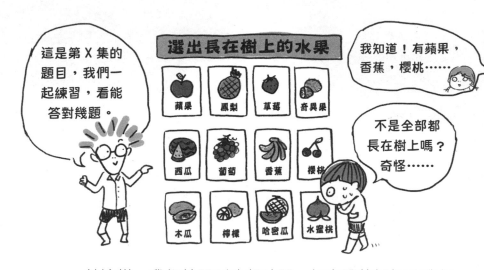

就這樣，我們練習到晚餐時間。何李羅的媽媽要我們留下來吃飯，所以我們在何李羅家吃到了我最喜歡的披薩和甜點泡芙，真是太幸福了！吃著吃著，何李羅突然對他的爸媽說：

我之所以這麼做，是因為要是何李羅的爸媽聽說我有聰明眼鏡，一定會去問我爸媽。而爸媽馬上就會找我問話，那我說謊的事就會被拆穿了。爸媽一旦知道我說謊，絕對會要我到學校跟大家講清楚！我現在的願望就是讓這件事不了了之，絕對不能再讓它曝光。好險，何李羅的爸媽看我咳嗽咳得這麼厲害，就叫何李羅趕快送我回家。

　　回家的途中，何李羅突然用很感激的眼神看著我，對我說出一番感激的話。

在回家之前，我們特地繞到阿飛冰淇淋！其實，我進

去時還有一點緊張，畢竟之前每次經過這附近，爸媽都會

故意繞道而行。像今天這樣跟著朋友大大方方的走進來，

反而讓我有一點不自在。到了店裡，才發現原來平日也有

這麼多人來吃冰淇淋。我們三個人趕快排隊，興奮的準備

點店裡最有名的
「天空飛飛冰淇
淋」。

突然，阿飛
老闆很興奮的走
到我們旁邊。

他不但請我們吃冰，還很興奮的跟大家介紹我是誰呢！但好奇怪，我怎麼覺得大家好像都認識我？不過這種感覺真好，身為名人的感覺大概就是這樣吧。我們吃得正高興，阿飛老闆突然彎下腰，小聲的問我一件事。

　　阿飛老闆看我什麼都不知道，也沒有多說什麼，只是微笑著離開。真奇怪，會有什麼事嗎？他到底和爸媽之間有什麼約定？我開始感到好奇。

　　難道⋯⋯爸媽也有對我們不誠實的時候嗎？

五十年後的丁小飛：

原本我們組團去參加電視節目《超級頭腦》是一件很光榮的事，而且照理說應該受到全校的矚目。偏偏最近阿達的單腳站立大賽實在太熱門了，大家口中討論的都是單腳站立比賽，完全沒有人注意我們要上電視的事。

唯一注意我們要參賽的，只有老師們。這對我來說很不習慣，有時候還會有點心虛。

對大部分的學生來說，他們的眼光仍然專注在阿達的單腳站立大賽——這就表示，大家對我擁有聰明眼鏡這件事還是窮追不捨。上個星期我才對大家宣布我的聰明眼鏡被小妹弄壞，拿去維修，今天就有一些人不停追問我，逼得我也只好發揮想像力，即興演出。

就這樣，小妹突然變成電影中的大壞蛋，成為大家咬牙切齒討論的對象。

我現在回到家一看到小妹，就會先向她大聲說聲對不起，然後再陪她玩五分鐘，表示我的歉意。雖然她大概也搞不清楚發生了什麼事，但看到她包著尿布跳來跳去這麼開心，我很確定她應該是在回答我：「沒關係」。

五十年後的丁小飛，如果你現在還記得這件事，就麻煩你想辦法好好報答她吧！

123

我還以為小妹弄壞聰明眼鏡這個理由可以騙大家很久，但想不到好景又不長，竟然很快再度被識破。今天在走廊上，我碰到幾個四年二班的人，讓這件事情又開始陷入危機。

隔壁班的大西瓜說，小妹不但把聰明眼鏡踩在地上，還拿去讓小狗咬！後來都找不到碎片了！

怎麼跟我聽到的不一樣？

我昨天碰到維修店老闆的兒子。但他說沒有看到你的聰明眼鏡呢！

修好了是嗎？

我聽高年級的徐東東說，修店的老闆一修不好，所以把聰明眼鏡送美國原廠了。

這……這……謠言真是誇張……

啊？

這真是糟糕！我在學校四年完全沒有碰過這兩個人，現在竟然被我碰上了！沒辦法，只好繼續即興掰出另一個理由。

啊？你跟他這麼不熟還借他？

其實不是那樣的。我拿回聰明眼鏡後，借給……借給那個教會的朋友，他應該叫做黃小祥……的樣子。

因為他人很好，在教會上課前都會問我有沒有帶聖經……我不好意思不借他眼鏡。

這樣啊！

據我所知，黃小祥不是我們學校的學生，所以我非常放心！而且，他看起來是一個很安靜內向的人。他每次看到我，只會問我一句話：「你有《聖經》嗎？」

這表示他不會主動加入討論，而我永遠不會在學校見到他，也就是說，我的謊言絕對不會被拆穿。一想到謊言永遠不會被拆穿，這種放心的感覺就好像在阿飛冰淇淋店裡有吃不完的天空飛飛冰淇淋一樣，令人既安心又舒服。

永遠不會被人發現謊言的感覺，真好……

到了下午，我們全校被叫到禮堂集合。從上個月開始，學校陸續邀請一些名人來演講，說是要讓我們有「被激勵的感動」。只不過我不但沒有被感動，反而感覺**被打敗**。

還記得上次邀請的是一名童書作者，她很喜歡講不好笑的笑話。笑的時候臉都不會動，嘴巴也沒有上揚，讓全校學生都不知道她講的到底是不是笑話，我們也不知道該如何反應，只好看校長的反應來決定要不要笑。但是，就連校長都會判斷錯誤。

但學校還是不放棄，繼續請來賓來演講，所以我也很好奇今天請到的是誰。到了禮堂，校長得意的介紹今天的主講人。你一定不敢相信，學校竟然請到一位這麼偉大的人！這真是太令我興奮了！他就是發明我最愛的電動遊戲《忍者刺蝟》的王小平！我從來沒有見過他，但腦海裡一直認為他應該長這樣，說話會是這樣：

我懷著緊張又期待的心情往臺上一看，卻讓我啞口無言。因為他竟然長得跟我想像的完全不一樣。不但長相不同，就連說話方式都讓我的下巴快掉到地板上。

他在臺上分享了發明《忍者刺蝟》的心歷路程、碰到的困難，還有遊戲裡許多角色的背景，以及為什麼他要用刺蝟作為電動的主角等等，讓全校師生哈哈大笑。

演講的最後，學校特別安排我們寫出想問的問題，王小平會當場抽問題回答。

我很興奮，因為每次在玩《忍者刺蝟》時，我都有一大堆問題，卻沒有人知道答案。就連我問爸，他在網路上查了老半天也查不到答案。

大概是因為我想問的問題特別多，大家交的都是小紙條，只有我是一大張紙。當王小平開始回答學生們提出的問題時，我看到裝問題的透明桶子裡，竟然還有另一張大紙條！我很好奇……那一張會是誰的呢？難道除了我，還有人對《忍者刺蝟》有這麼深的研究？

王小平回答完兩位學生的問題之後，終於抽出兩張大紙條中的其中一張。這時，我的心撲通撲通的跳，期待《忍者刺蝟》的發明人親自回答我的問題——有什麼是比這個更酷的事呢？

王小平拿著我的大紙條，看了看。

我先來肥答這位同鞋，他問了粉多問題……咦，還油另一位也油很多問題……

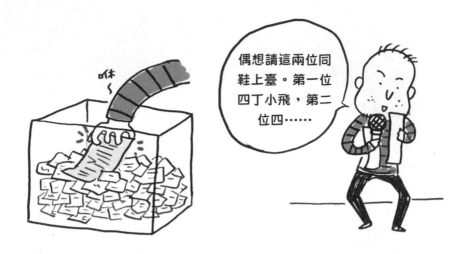

我一聽到我的名字，高興得跳起來，跑到講臺上。但不知道為什麼，我聽到臺下一陣騷動。不過我完全不理會臺下發生了什麼事，只是很認真的聽王小平給我的答案。奇怪的是，我用眼角餘光注意到臺下的人都在竊竊私語。

後來我發現……

啊，原來如此，真是糟糕！好巧不巧，那位我認為永遠都不會碰到的黃小祥，居然就這樣出現在我旁邊！奇怪，他不是讀別間學校嗎？怎麼突然又出現了？

　　在眾目睽睽之下，我的謊言就快要被拆穿了。於是，我不管三七二十一，馬上從臺上偷偷溜下臺，衝出禮堂。

　　接著，放學的鐘聲響了，我拔腿跑回家，連圖書館都沒去。

回家路上，好巧不巧又遇到一些低年級的人，又被他們問了一堆關於聰明眼鏡的問題。

這種感覺就好像是我進入了一個可怕的迷宮，一直出不來……

沒想到一個不痛不癢的小謊言，竟然會讓我如此的煩惱。我還來不及反應，似乎又瞄到一個熟悉的人影——不管了，我決定用那個人來解救自己，就這麼決定了！

就是他！「喂」拿走了眼鏡，我不知道他何時會還我。但沒關係，反正……我也不急著拿回來……

在他那裡？

原來如此……

趁著他們還在討論，我趕快開溜。我一邊走，一邊聽著他們正在熱烈討論「喂」拿走聰明眼鏡的動機和目的——如果我猜得沒錯，從此刻開始，大家的話題已經從黃小祥轉移到「喂」身上了。

當我準備繼續往前衝時，又遇到了另一個人：金思高。

134

他拿著他的聰明眼鏡走到我面前。照理說，這應該是一個最棒的時機，可以跟金思高好好談判一番。但是，我看著他的手指，突然覺得他跟我一樣，都在努力**不讓別人看扁自己**。

啊，他攀岩後的手指……

他似乎也有話想要對我說，只是不知從何開始。我們兩個就這樣看著對方，直到巧克力和其他人走過來，才打破這個沉默的尷尬場面。首先，巧克力很著急的問我，到底是不是「喂」拿走了我的聰明眼鏡，還跟站在一旁的金

思高報告這個最新消息。

金思高只是咳咳嗽，轉身跟巧克力和其他的人說：

好了各位，我們先回教室準備看比賽吧！不要再煩丁小飛了。走吧！

這是聰明眼鏡事件發生以來，我第一次感謝金思高幫解圍。雖然不知道到底是發生了什麼事，才讓他有一百八十度的大改變，但今天總算可以鬆一口氣了。

五十年後的丁小飛：

　　以前爸媽常常跟我和阿達、小妹說這麼一個故事：小木偶說謊話的時候，鼻子會變長。媽為了避免我們養成說謊的壞習慣，還特別買給我和阿達一人一個木偶，來「監視」我們有沒有說謊。

自從不小心說出我有「聰明眼鏡」以後，我就開始迴避小木偶。尤其是今天，總覺得他一直往我這裡看，讓我很不自在。不行不行，我得把小木偶藏在一個完全看不到我的地方才行。因為，我今天要進行一項十分重要的大工程：把我跟不同的人說過不同的謊話，好好記錄下來，做成一個**說謊小抄**帶在身上！

這幾天在學校裡，已經有太多太多不認識的人來問我聰明眼鏡的下落，讓我不知道該怎麼回答。發生這件事以後，很希望自己有像阿達一樣的特異功能，能夠完全記住所有編出來的謊話。阿達很厲害，他跟誰說過什麼話，誰又跟誰是好朋友，他可以記得一清二楚！就像這幾個月，爸媽對於他走路經常一拐一拐的情況提出好多次質疑，但阿達永遠可以用流暢的答案來回答這個問題。

跟阿達比起來，爸媽對於我的情況永遠都記得一清二楚。搞了老半天，原來黃小祥的媽媽跟媽在教會一起當義工，難怪媽這幾天不停追問我有關聰明眼鏡的事。偏偏我的記憶卻像漿糊一樣。

所以我下定決心，為了要回答跟不同的人所編出的不同謊話，今天一定要花時間把這張圖好好畫出來，以後帶在身上可以隨時拿出來看，這樣就不會出錯了！

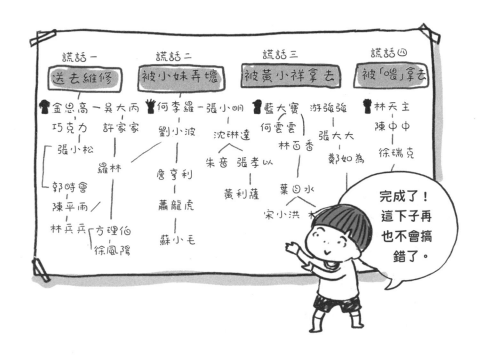

這真是太辛苦了。早知道說謊這麼辛苦，我寧可一開始就澄清這件事。但老實說，我已經不太記得一開始為什麼會說我有聰明眼鏡？不知道五十年後正在看這本日記的你，還記得嗎？

4月 26日 星期五

五十年後的丁小飛：

經過幾天的訓練，再加上**說謊小抄**發揮作用，我終於知道對哪些人該講什麼理由，對另一些人又該怎麼解釋。

只不過短短幾天，我的聰明眼鏡又不知不覺增加了幾個莫名其妙的下落。這也不能全怪我，阿達也要負一點責任。他的單腳站立比賽一天不結束，我掰出的理由只會越

來越多。我每天更新小抄上的項目，真的很懷疑哪天小抄會不會變成從學校到家裡那麼長？

再過三天就是上電視參加《超級頭腦》的日子。何李羅這幾天緊鑼密鼓的要我跟程友莘背下節目裡所有出過的題目和答案，放學後還要到他家輪流演練。要是可以將腦袋分成兩個書櫃就好了，我可以把《超級頭腦》要背的內容和聰明眼鏡小抄存放在各自的書櫃裡，等到有人問時，答案就會自動從腦袋裡抽出來，多方便啊！

又打開說謊文件，翻到第三頁！

對了，今天又發生一件驚天動地的倒楣事。

下課後，我和何李羅做完圖書館的工作，準備到何李羅家練習。正要走出校門的時候，有人大叫我一聲。原來是阿達。

其實我根本不記得自己講過這樣的理由。原來我在編理由的過程中，不知不覺的將越來越多人扯進這個謊言，遠比說謊小抄裡所記錄的還要多很多，多到連我自己都不記得。而且，這些傳話的人又自己**加油添醋**。我現在才知道，這次撒謊已經到了一發不可收拾的地步。

太可怕了！從阿達的眼神中，我已經知道接下來他一定會用這個理由來威脅我，要我幫他做一些奇奇怪怪的事，例如端茶添飯，外加寫功課和洗球鞋。我站在阿達和「喂」前面想著這些悲慘的事，突然發現身邊有越來越多人圍著我，還跟著阿達一起討論聰明眼鏡的下落。我看到這種狀況，趕緊往後退，希望能夠逃出人群。但四面都有人包圍我，讓我很難突破重圍，直到突然間……

原來是何李羅！

我們一直跑，跑到學校後面的大草坪才停下來，好好喘口氣。好險有他在。從何李羅的眼神裡，我知道已經到了非得講出實話不可的地步，不然就算何李羅想幫我一起瞞住大家，也很困難。正當我要跟何李羅說的時候，又有人從後面大叫我的名字！

丁小飛！

何李羅！

呼呼，其實那個……

何李羅家門口擠滿好多人，大家都想要找丁小飛！看來，我們要換地方了。

沒等我說出真正的理由，何李羅和程友莘馬上決定改地方練習，繞路前往程友莘家。我以為他們兩個人會很想知道聰明眼鏡真正的下落，但沒想到他們心裡想的都是《超級頭腦》的題目和答案，好像沒有想知道關於聰明眼鏡的真實狀況。

五十年後的丁小飛，我現在終於知道爸媽說的道理了！他們常常說，**當你專心為你的目標努力時，就不會有時間注意其他的事情。**現在的我真希望全校學生都能轉移到他們自己的個人目標，不要再問我聰明眼鏡的下落。

今晚，我們三個人很努力的做最後衝刺，把以前節目的題目再背一次。他們還拿出自己出的題目來練習，順便

討論一些可能會出的題目。你們一定覺得很好奇，我是否有把所有的問題和答案都背起來呢？這就要提到我們**超級有智慧**的戰略了！《超級頭腦》這個節目並沒有規定所有隊友都要到臺前作答，而是由每一隊派出作答的隊員。也就是說，我可以當所謂的「**智囊團**」，只要在電視面前揮揮手，假裝很認真的與隊友討論答案就可以了。

我們努力演練到晚上八點多，才各自帶著疲憊的身子走回家。

我也很希望是這樣，但偏偏從學校到家裡的路上都布滿了聰明眼鏡的蹤跡，好像惡夢一樣一直跟著我。

　　不知道這個惡夢何時才會結束呢？為什麼當我開始覺得快要結束時，接著又有事情發生呢？只希望回到家以後能夠好好睡一覺，不要再有人問我這件事了！

4 月 25 日 星期 四

五十年後的丁小飛：

自從被阿達知道我的聰明眼鏡謊言，我的惡夢就正式開始。不過，這件事等到以後再跟你說，因為我現在要告訴你一件非常值得紀念的事！那就是：我們居然在《超級頭腦》這個電視節目中，贏得了最大的勝利！

讓我來跟你好好描述我們成為**冠軍**的過程！

首先，主持人出的題目都很簡單。啊，連我都說簡單了，對何李羅和程友莘來說，應該是非常的簡單。

我們的對手也不是省油的燈。他們是別的學校的學生，每個人看起來都好像念過好多好多的書，每個人的眼鏡都比何李羅的還要厚兩倍，眼鏡的款式都一模一樣。

到了節目最後，我們和對手拉成平手。

接下來是最後一個關卡：三十秒氣球挑戰。這關是要各隊派出一個代表，在三十秒內回答主持人所有的問題。兩隊的問題都是一樣的，所以其中一隊在回答問題時，另一隊必須戴上有音樂的耳機，避免聽到對方的答案。參賽者如果答對一題，椅子就會隨著背後的氣球漸漸升高。哪

一隊答對的題目越多，參賽者就會飛得越高。這是個令人非常緊張的關卡，幾乎可以說是背水一戰，最後的決戰就靠這關了！

在還沒來電視臺之前，我們早已討論好如果進行到這個關卡，就會派出程友莘！畢竟她是我們的班長，常常上臺講話，她在這種關鍵時刻比較不會緊張。但是我們的計畫卻沒有實現，因為原來節目有一個規定，是何李羅事先不知道的！

接下來要舉行非常刺激的……「三十秒氣球挑戰」！

目前積分

藍天小學	萌芽小學
① 陳小兵 +5	① 何李羅 +5
② 林珊珊 +3	② 程友莘 +4
③ 王東南 +3	③ 何李羅 +2
總分：11	總分：11

！！

啊……

完了！

我們節目有個規定，最後一關必須要由沒有上場過的同學代表參加。所以，丁小飛同學，請出場！

我坐上氣球椅，戴上耳機，看著對方回答問題時的表情，心中就一直想像即將發生的慘狀……

好丟臉！

現在對方已經升到最高點！丁小飛同學則完全沒有上升！

155

我戴著耳機，只聽到耳機傳來的音樂聲，完全聽不到外面的聲音。看著對方答題結束時，也只升到一半的位置，我就知道我慘了。看來，題目一定很難！如果連戴著厚厚棒棒糖眼鏡的人都答不出來，我怎麼可能知道答案呢？

我斜眼看著何李羅和程友莘，他們卻笑得很開心，還不停的拍手，真是超奇怪的！

拿下耳機後，計時三十秒，主持人開始問我問題。

當他唸出問題的主題時，我嚇了一跳！

真是沒想到，這關鍵的一局，竟然都和我最愛的電動《忍者刺蝟》有關！我用最流暢的速度回答所有的問題，而且好巧不巧，剛好所有的題目都是幾個星期前在學校訪問《忍者刺蝟》發明人王小平的問題，所以我完全知道每一題的答案。

當時同學們一陣混亂，大家都在臺下討論我的聰明眼鏡被黃小祥拿走的事，只有我一個人專心的聽王小平解說答案。想不到當時的專心，現在為我們帶來最終的勝利！

我的位子隨著氣球越升越高，漸漸的，我竟然超過了對手的高度！

不僅如此，我還升到了最頂端，最後氣球也爆出了好多好多的彩帶！

我們這隊竟然就這樣打敗對手，得到冠軍！當我們從主持人手中拿到獎金的那一刻，我終於鬆了一口氣。看來，真正的聰明眼鏡即將正式到我的手裡，再也不用擔心哪一個謊言被拆穿了！

這原本是一個值得慶祝的日子，但回到家後，瞄到阿達的眼神，卻讓我開始全身發冷，連火鍋的熱氣都無法溫暖我的心。

自從阿達知道我的謊言後，就跑來找我談條件，威脅我要在同學面前拆穿這個謊言，還要跟爸媽告狀！天啊，我的報應終於還是來了。他說前一陣子我拚命想在爸媽面前挖出他那些祕密，現在終於輪到他了。果然，吃完晚飯後，阿達把前幾天跟我約好的條件又重新確認了一次。

這就是阿達。但他完全不知道今天得到《超級頭腦》冠軍的我，早已有了完美的計畫，他也完全不知道他的計謀即將變成泡影，消失無蹤。等真正的聰明眼鏡到手，到時候

我就可以脫離**阿達的魔掌、謊言的惡夢**，還有那一張長到可以環繞地球好幾圈的**說謊小抄**。

5 月 2 日 星期一

五十年後的丁小飛：

現在的我，終於深刻體會到「臥薪嘗膽」的感覺了。

喔不，是「噁心嘗蛋」才對！阿達最討厭吃半生不熟的荷

包蛋。他常說，生生的蛋黃讓他想起小時候曾經踩到的一

種昆蟲，牠的身體被踩到後會爆出黃色的液體。

我只能說，好險當時蟲蟲的黃色液體沒有噴到我臉

上，不然我現在大概會瘋掉；因為我跟阿達的約定之一，

就是要幫他吃掉他不吃的東西，而且這些東西還真不少。

所以我說，我真的很了解歷史上臥薪嘗膽的那一位仁兄。要是可以回到古代，我們鐵定會成為超級好朋友，甚至結拜成為兄弟。

憋了好久的謊言和說不出的苦，今天終於有光明的好消息了！何李羅說，《超級頭腦》節目已經把十萬元交給學校，所以他今天會到校長室領取。

之前我們三個人已經說好，拿到錢後先由何李羅保管，直到放學前，我們再帶著愉快的心情把錢分好，然後各自回家。這三天剛好學校的圖書館在整修，所以也不需要到圖書館當義工。這種輕鬆的心情，就像是吃了一整塊泡芙以後，發現還有天空飛飛冰淇淋在冰箱裡等著我。這種美好的感覺真是無法形容啊！

據說阿達他們的單腳站立比賽也因為圖書館整修而休息三天，讓全校學生都很失望——除了我以外。我真希望從此以後他們這個單腳站立比賽可以永遠休息，我就可以不用再擔心我的那一堆謊言。不過也沒關係！反正我現在有錢，聰明眼鏡根本不是問題！

中午吃完便當，何李羅急急忙忙跑到校長室準備領取獎金。而我早就打點好一切，跟原本今天的值日生換班，要留在教室好好守住我們寶貴的獎金。。

不到十分鐘，何李羅就從校長室回到教室。我和程友莘很好奇，他怎麼這麼快就回來了？

接著全班同學走出教室去上自然課，只剩下我一個人留在教室。我拿起我的掌上型電動，開心的破關，享受著有史以來第一次成為人生勝利組組員的感覺！因為太開心了，我立刻想到那位臥薪嘗膽的阿伯。

大概是因為心情愉快，就連下午的時間都過得像太空梭一樣快。放學的鐘聲響了之後，我們三個人圍在何李羅的桌子前，臉上充滿了興奮的笑容。

何李羅一打開信封，我們三個都無法相信自己的眼睛——裡面竟然不是錢。

怎麼會這樣呢？我一時之間說不出任何話，只能眼睜睜看著那張又長又密密麻麻的說謊小抄在何李羅手上；頓時我的世界沒有任何聲音，只有好大好大的心跳聲。當我回過神來，卻發現那張說謊小抄已經落入另一個同學的手中，而且湊過來看的人越來越多，幾乎全班同學都跑過來了。

這時，有一個同學站在椅子上開始唸出我所有的謊言和牽連到的人名，然後到了最後，竟然……

不不不，這下誤會大了！大家議論紛紛，我得趕快解釋才行！看著何李羅驚訝的表情，又瞄到程友莘皺著眉頭，我還來不及做任何事，已經有一堆人開始揣測這件事情的來龍去脈。

我不知道後來何李羅和程友莘跑去哪裡了，因為我的身邊有越來越多人圍著我，不停問我問題，不停編造奇奇

怪怪的故事。這些故事遠遠比我之前的謊話可怕太多了！

現在獎金不翼而飛，謊話被大家拆穿……

此刻我只希望一件事：上帝！趕快讓奇蹟發生吧！

五十年後的丁小飛：

今天早上一到學校，我就看到教室黑板上有一些字和圖。不止黑板上有，就連後面的公布欄也有，甚至有人畫了漫畫海報到處流傳。

真是糟糕。你知道這表示什麼嗎？表示獎金不見和我謊話連篇的事已經傳遍大街小巷，成為全校的熱門話題，就連學校旁邊商店的老闆都知道這件事。

說老實話，我現在更擔心的是何李羅跟程友莘。

我不知道他們會不會相信謠言。他們是我最好的朋友，我很希望他們相信我，更希望他們能夠幫助我。不過每到下課時間，就會有一堆人跑到我的座位上七嘴八舌，問我很多奇奇怪怪的問題，讓我完全沒有機會跟他們好好解釋。就連下課到教室外面，都會有人指指點點，這種出名的感覺真是不好受。

所以我決定每到下課時間，就跑到我的「祕密基地」喘一口氣。這個祕密基地是好久以前我和何李羅一起發現的地方。

今天中午我帶著便當，一個人偷偷跑到小木屋吃午餐。看著遠方的同學有說有笑，突然讓我好羨慕。

真沒想到事情會發展成這樣。

現在想想，早知道一開始就把話說清楚，一開始就跟大家說我沒有聰明眼鏡。我以為這種謊言到最後會不了了之，沒想到卻越滾越大，滾到像大雪球那麼大，擋都擋不住，只能舉著白旗投降，希望有好心人士來拉我一把。

但是，為什麼有些人講謊話沒事，而我卻有事呢？難道是因為我沒有好好記下所有的謊言嗎？還是因為我的說謊技巧太不高明？或者，就是因為兩個字：**倒楣**。

我嘆了一口氣，看著手上的便當，裡面有超人飯糰和炸雞塊，都是爸媽為了慶祝我得到《超級頭腦》比賽的冠軍而做的。

但是現在的我根本吃不下，大家都認為是我偷走了獎金要去買聰明眼鏡，而且認為我是一個愛說謊的人。我決定把便當盒關起來。但隱隱約約，好像聽到有人說話的聲音。

太令我高興了！他們兩個不但來找我，而且何李羅已經把獎金找回來了！

原來如此！那麼，為什麼信封裡會有我的說謊小抄呢？

那麼，為什麼「喂」會有我的說謊小抄呢？除非……

程友莘說，原本校長要找我問話，但剛好這幾天我們得到《超級頭腦》的冠軍，大家都在慶祝這件事，所以他們決定等到下星期再調查。

　　找我問話？真是糟糕，要是真的被抓到校長室，我看我在學校的日子就會更慘。此時何李羅和程友莘認真的看著我，竟然要求我去做一件比到校長室更可怕的事：

這種在大家面前承認自己說了一堆謊的糗事，真的很難答應。但是，看到他們兩人關心的眼神，又覺得我必須要做。他們大概也看出我的猶豫不決，所以建議我這幾天先好好在家想一想，過幾天再來討論。

　　我們吃完了便當，又回到以前一起練習問答的日子，有說有笑，這種感覺真是太棒了！

　　回家的路上，我的腳步竟然越走越輕鬆，似乎說謊的事已經不再讓我煩惱，真是奇怪。比起之前說謊的時候，雖然有不少人羨慕我有聰明眼鏡，但我並不快樂，還要隨時擔心謊言被拆穿，那種感覺真不好。雖然現在還是有同

學對我指指點點，但不必再說謊卻讓我很放心，有如釋重負的感覺。

不但如此，回到家後，我也不必再煩惱阿達今天要我幫他做哪些奇奇怪怪的事！真希望可以一直維持現在這個樣子，再也不用面對我編的謊話，開開心心的吃晚餐。

5 月 **4** 日 星期 **六**

五十年後的丁小飛：

事情有了三百六十度的大變化！

你猜猜看我現在在哪裡？你一定想不到，現在我竟然
跟爸爸在──阿飛冰淇淋店！

事情是這樣的。昨晚回到家後，一開門就看到爸媽雙
手交叉抱胸的坐在客廳，氣氛很僵，讓我全身發冷。他們
拿了一張椅子，要我坐在他們面前，就好像電影裡警察審
問犯人那樣。

179

爸媽說黃小祥的媽媽已經告訴他們有關說謊小抄的事，接著他們開始問我聰明眼鏡的謠言，我就把事情的來龍去脈都告訴他們。

那個……那個，對，我一直在編謊話騙大家。

一開始是因為阿達在圖書館舉行單腳站立比賽，我沒辦法進去看，所以覺得很懊惱。剛好金思高有一個很酷的聰明眼鏡可以從教室看到比賽現場，巧克力問我有沒有這種眼鏡？我邊想著別的事，邊隨口回答他說：有。想不到……

就這樣，大家傳來傳去，我也只好繼續說謊。我怕如果被拆穿了，會被大家笑。但結果還是被拆穿，而且大家都叫我丁木偶！何李羅和程友莘都勸我要跟同學說清楚，但是……但是我還沒有說實話的勇氣！

嗯，我覺得這個提議很好！一旦你說實話，他們就不會再製造謠言，你也不需要再煩惱如何編造理由了。雖然講實話是需要勇氣……

那麼為什麼有些人講謊話永遠都不會被拆穿呢？太不公平了！如果不被拆穿，是不是就永遠不用講實話了呢？

嗯……

這……

但奇怪的是，爸媽突然露出錯愕的表情，然後默默的看著對方，好像有什麼話想要告訴我。

這個問題問得很好！小飛，我明天帶你到阿飛冰淇淋店吃冰淇淋，順便回答你這個問題。

哦？真的？

就這樣，我們第二天來到阿飛冰淇淋店。

我坐在位子上，一邊等著爸幫我到櫃臺買我最愛的天空飛飛冰淇淋，一邊看著玻璃窗外人來人往。不是我在

說，每次爸帶我來阿飛冰淇淋店，除非是我的生日，或是考試有進步，否則他一定會故意繞路不經過這裡。

但這次明明是我做錯了事，為什麼爸還要帶我來呢？我回頭看到爸在櫃臺跟阿飛老闆不停講話，不但講了好久，而且爸的表情似乎很不好意思，阿飛老闆則是不停的點頭微笑。

講完後，爸和阿飛老闆一起走到我面前。

他們兩個人微笑著看我慢慢吃完整個冰淇淋，然後拉椅子到我面前坐下。看來，爸即將揭曉他帶我來吃冰淇淋的真正目的了。我好緊張啊！

爸問我，知不知道為什麼他每次都要刻意繞過阿飛冰淇淋店而不讓我們經過？還有，為什麼每次他見到阿飛老闆，都很慌張？

這實在太令我驚訝了！接著，爸開始說出當年發生的事。

因為實在來不及叫救護車，於是在一陣慌亂中，阿飛老闆跟他的太太就一起幫忙把我接生出來！

當下，爸決定把我的名字叫做「小飛」，就跟店名一樣，當作是對老闆的感激！

而阿飛老闆也很大方的對爸媽說：

為了慶祝小飛在我們店裡出生，小飛可以隨時來店裡吃冰淇淋，而且是一輩子免費喔！

Free!

什麼？搞了老半天，原來我可以隨時來這家店，免費的**無限制吃到飽**！

看著爸尷尬的表情，又看著阿飛老闆的笑容，我很好

奇，為什麼明明可以免費吃到飽，爸媽卻不肯常常帶我們

來呢？

我怕你一旦知道可
以免費吃，就會吃
個不停，無法控制
自己。所以決定不
跟你說。

小飛，我們要
跟你道歉。因
為一直沒有跟
你說實話。

　　爸說，其實騙人的感覺很不好，因為常常會害怕被人

發現，而且一直會有**愧疚感**。其實剛開始只是一個小小的

謊，爸認為只要我長大一點就會忘了這些事，但想不到冰

淇淋店越開越多，已經到了需要常常繞道而行的地步！

　　雖然一直沒有被發現，但是那種愧疚感遠遠比被發現

更令人難受。不但想到會很不安心，還得一天到晚繞道而

行，真的很累。講到這裡，我非常同情爸，因為我了解那

種感受！就好像之前我的謊言雖然沒有被拆穿，但每天心

驚膽跳，深怕被人發現，還得辛苦寫下所有編出來的謊

話，真是累啊！

聽到這裡，我已經了解了。爸很真誠的跟我道歉，也在我面前跟阿飛老闆道歉。阿飛老闆很大方的說，他十分了解爸媽的處境，所以完全沒有生氣！不但如此，他還願意繼續遵守他的諾言，只不過，有一個附帶條件。

就這樣，我和爸離開了阿飛冰淇淋店。

我們牽著手邊走邊唱歌，路邊的小狗也跟著我們跳來跳去，好開心。我看著天上的雲，再看看爸輕鬆的微笑——我在爸的臉上，看到說實話的好處了。

到底要不要在全校面前說出實話呢？爸說他希望把這個決定留給我來做。但說真的，我還是不知道。

5 月 6 日 星期一

五十年後的丁小飛：

今天一整天在學校，我仍然被大家冷言冷語，外加被同學惡作劇。

午餐又是在小木屋裡度過。在一旁陪伴我的何李羅與程友莘給我好多鼓勵，還不停跟我說很多好笑的笑話，讓我可以暫時忘記大家的嘲笑。只不過，他們還是不放棄的努力勸我，一定要早點跟大家講清楚。為了給我機會跟大家坦白，他們還想出一個計畫。

190

這⋯⋯

雖然那天爸給了我很多信心，但是一直到現在，我都還沒有下定決心。

其實我還是很不想在這麼多人面前承認我說謊，畢竟這是會被大家記一輩子的**世紀大笑話**啊！想想看，如果我五十年後遇到學校的某個同學，豈不是又會被我身邊的新朋友發現？

如果有人跟我一樣，藏了一本記錄著所有祕密的「小黑本子」，那我還得跟他交換條件，就跟我當初想要阿達為我做事一樣。

一想到這裡，我就猶豫不決，不敢到臺前跟大家澄清整件事。當我起身準備要回教室時，有另一個人來到我的祕密基地。我抬頭一看，竟然是金思高！

金思高跟我說他想要跟我聊聊，於是何李羅和程友莘就先離開了小木屋。

我很驚訝金思高居然會知道我在這裡，更驚訝的是，他居然願意跟我這個「丁木偶」聊天。他一坐下就對我說，他很早以前就知道我沒有聰明眼鏡；而那天他在運動中心練習攀岩時，總覺得好像有看到我，但又不是很確

定。回到家後，管家告訴他我有來過，所以他確定看到的那個人就是我！

原本他以為我會跟大家說這件事，也以為我會拿這件事跟他交換條件，但我居然沒有，而且我也沒有跟任何人說，所以他十分感激我。

我很好奇，他為何一開始就知道我沒有聰明眼鏡？

沒想到金思高除了會打躲避球，還跟何李羅一樣**觀察入微**呢！

我低著頭告訴他，自己也正在經歷被阿達威脅交換條件，和該不該說實話的痛苦，所以，我很了解他那種**不想被人看扁**或看不起的感受。

他說完後跟我碰一下拳頭，互相勉勵。他十分支持何李羅和程友莘的建議，要我當面跟大家說清楚，免得一輩子都得躲在小木屋！

下午第二節課的鐘聲一響，全校學生就從教室往禮堂移動，接著邊走邊猜誰是今天的特別來賓。等到大家都進入禮堂坐下來，校長帶著笑容宣布今天學校請到的特別來賓。

194

我的心開始撲通、撲通跳個不停。我知道何李羅和程友莘即將在臺上說明獎金的烏龍事件，那就表示一定會扯到我。

臺下傳出陣陣驚嘆聲，當然也少不了「丁木偶」這個名字的呼喊聲。他們兩個在臺上講完後，眼神朝向我看。

僵持了一陣子，校長看出我沒有要上臺的意思，忍不住把麥克風拿回來。想不到校長一宣布今天的特別來賓，我的下巴就快掉到地上，好幾秒都無法合起來。

一聽到阿飛老闆的名字，大家的掌聲此起彼落，就連我都無法克制自己興奮又感動的心情。阿飛老闆一上臺，開始解釋他第一家店的由來以及喜歡冰淇淋的原因。

臺下的每一個人都開心的點點頭，非常能夠體會阿飛老闆喜歡冰淇淋的感動。要是世界上的人每天都能夠吃到天空飛飛冰淇淋，世界和平一定很快就會來臨了。

接下來，阿飛老闆分享一些剛創業時，在店裡發生的趣事，讓整個禮堂充滿了驚嘆聲和笑聲。

當然，還有這一件非常特別的事 —— 真是想不到，我又再度成為大家的焦點。

看著阿飛老闆在螢幕上播放的照片，年輕時的爸媽滿臉笑容的抱著我，又看到阿飛老闆和老闆娘的表情，讓我想到爸昨天對我說出實話後的笑容。就像爸說的，一直說謊實在是一件很痛苦的事；**只要講出實話，就能夠獲得永久的輕鬆。**

如果能夠用幾分鐘說實話的痛苦來換取永遠的輕鬆，那麼……

就這樣，我把所有的事情經過都講出來給大家聽。

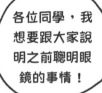

各位同學，我想要跟大家說明之前聰明眼鏡的事情！

首先，我承認我沒有聰明眼鏡！一開始其實是因為……

金思高的聰明眼鏡讓我好羨慕，巧克力又突然問我有沒有？我不經意就回答說，我有！

其實我根本沒有，只是不知道該如何解釋；加上，看到大家都很羨慕我，以為繼續騙下去應該不會有人發現……

因為大家不斷問我聰明眼鏡的下落，我只好隨口怪到小妹身上，然後說拿去維修，又怪到黃小祥身上……

又賴到「喂」身上，引發了我的說謊小抄被阿達偷，又被校長拿去……

總之，我很對不起大家！我不知道原來說謊這麼麻煩！所以，我以後不會再隨便說謊話了！

講完後，我在臺上深深一鞠躬，並且跟大家道歉。

當我抬起頭，何李羅和程友莘已經在臺下站起來為我鼓掌，就連站在一旁的阿飛老闆都牽著我的手，為我加油。

我也看到臺下的金思高站在椅子上吹口哨，還對我比大拇指。我笑著對他點點頭，很慶幸因為這件事情而讓我們看到彼此都需要努力的地方。

原本我已經準備要離開講臺，卻被阿飛老闆拉住，因為他有事情要宣布。

小飛，等一下！

大家聚精會神的看著阿飛老闆把一大箱東西拿出來，然後請老師發給學生。我也從阿飛老闆的手中拿到，發現是一副眼鏡。接著，阿飛老闆請大家戴上眼鏡，然後從一個隨身冰桶裡面挖出他們最著名的天空飛飛冰淇淋。

哇，你絕對不會相信我眼前的景象！我現在正看著手上的天空飛飛冰淇淋，冰淇淋上面的每一朵雲就在我眼前飄來飄去，好真實呢！這實在是太、太、太酷了！

臺下的每個人都拿到跟我一樣的 3D 眼鏡，也從阿飛老闆的太太那裡領到一支天空飛飛冰淇淋。大家都被這個超級無敵酷的 3D 冰淇淋吸引，不斷有人發出讚嘆聲。

臺上的阿飛老闆說，昨天晚上他聽到我說希望冰淇淋可以變成 3D 的，所以他去訂製了這個特別的 3D 眼鏡，讓大家都可以享受到「吃下一朵朵飄來飄去的雲」的快樂。而這些很棒的想法，遠比聰明眼鏡有趣多了！

你知道嗎？

大家已經被這個新款的 3D 天空飛飛冰淇淋給吸引住了。接下來的幾天，大家在路上問我的都是關於 3D 冰淇淋的事，而且每個人都在討論 3D 冰淇淋！

現在已經沒有人想知道聰明眼鏡的下落，也沒有人再叫我「丁木偶」了。其實有沒有討論我說謊的事，也沒這麼重要了，因為對我來說，把實話講出來就算是完成我應該做的事。不過**不是我在說**，講出來以後的那種輕鬆自在，遠遠超越被羨慕的眼神！

還有、還有，因為這件事而跟我成為好朋友的金思高，也不再提起他的聰明眼鏡，還常常帶著他的朋友到阿飛冰淇淋店跟我們碰面，一起戴上 3D 眼鏡吃冰淇淋聊天！

所以，之後如果又有機會扯個小謊，我總是會提醒自己：千萬不要逞一時的威風，還是講實話比較保險。

如果不小心發現別人的祕密，我也不再急著記下來，反而更珍惜他們的另一面。

來，我特地留給你的！

原來「喂」很喜歡小動物。

哎呀！我竟然拿到班上同學的毛衣！

原來七龍珠老師也有糊塗的時候。

喔，如果五十年後的你有機會到阿飛老闆的冰淇淋店，可別忘了看一下牆壁喔！上面會有一張五十年後的名人照。建議你最好跟這張照片合照，並且好好保存，以後應該會很值錢的。

不是我在說，這一點，我真的沒有騙你！

給正在看這本日記的你：

想知道 3D 天空飛飛冰淇淋是什麼樣子嗎？

請依照下面的步驟製作自己專屬的 3D 眼鏡，就可以跟著小飛一起在雲端做夢嘍！

材料：卡紙、紅藍色玻璃紙、剪刀、膠水。

步驟：

1. 在卡紙上畫一個寬度和臉一樣大的眼鏡框。

2. 把鏡框剪下，鏡片的部分也裁掉。

3. 左邊鏡片貼藍色的玻璃紙、右邊貼紅色的玻璃紙（如左上圖），就完成嘍。

對了，你一定很想知道阿達最後的結果吧？

他跟「喂」和其他同學偷偷在圖書館舉行單腳站立比賽，還有威脅我為他做牛做馬的那些事，終於被學校和爸媽發現，他終於要來承擔後果了。

不過，我怕寫出來會被他發現，用畫的比較安全。請戴上你的專屬 3D 眼鏡，看看他最後到底發生了什麼事？

注 3D 立體眼鏡並不適合長時間配戴，如有頭暈、眼睛痠痛等症狀請立即取下。觀看數張圖片後應該適當休息。

我的 圖畫日記！

　　這次在小飛的日記中，他不小心發現了別人的小祕密。例如，他一直很羨慕的金思高原來也有不為人知的一面！金思高很努力練習攀岩，還經歷無數次的摔跤，才練就好身手。這和小飛原本以為的金思高，完全不同！其實我們身邊一定也有朋友或家人，表面看起來超級厲害，但他們在背後一定花了許多時間練習和付出，才有今天的表現。

　　我們一起將這些不容易被大家看到的努力畫出來，勉勵自己也要跟他們一樣。以下先舉三個例子。

快要到了！

範例一：

名字：
金思高

厲害的地方：
很會攀岩

我覺得是因為：
他練習了好多次

名字：

何李羅

厲害的地方：

有豐富的知識

我覺得是因為：

他經常看書

範例三：

名字：爺爺

厲害的地方：打鼓打得很好

我覺得是因為：他學打鼓好多年了

現在，舉出兩個你認為很厲害的人，並且列出他們厲害的地方。寫出來以後，畫出你認為他們會這麼厲害的原因。

1

名字：_____

厲害的地方：_____

我覺得是因為：_____

_____

_____

2

名字：_____

厲害的地方：_____

我覺得是因為：_____

_____

_____

丁小飛校園日記 4
聰明眼鏡

作者｜郭瀞婷
繪者｜水腦

國家圖書館出版品預行編目資料

丁小飛校園日記.4,聰明眼鏡/郭瀞婷文.原畫;
水腦圖. -- 第二版. -- 臺北市：親子天下股份有
限公司, 2023.12
216面；14.8*21公分
ISBN 978-626-305-613-8(平裝)

863.596   112016770

責任編輯｜許嘉諾、李寧紜
美術設計｜林家蓁
封面設計｜Bianco Tsai

天下雜誌群創辦人｜殷允芃
董事長兼執行長｜何琦瑜
媒體暨產品事業群
總經理｜游玉雪
副總經理｜林彥傑
總編輯｜林欣靜
行銷總監｜林育菁
主編｜李幼婷
版權主任｜何晨瑋、黃微真

出版者｜親子天下股份有限公司
地址｜台北市104建國北路一段96號4樓
電話｜（02）2509-2800　傳真｜（02）2509-2462
網址｜www.parenting.com.tw
讀者服務專線｜（02）2662-0332　週一～週五：09:00~17:30
傳真｜（02）2662-6048　客服信箱｜parenting@cw.com.tw
法律顧問｜台英國際商務法律事務所・羅明通律師
製版印刷｜中原造像股份有限公司
總經銷｜大和圖書有限公司　電話：（02）8990-2588

出版日期｜2013年 7 月第一版第一次印行
　　　　　2023年 12月第三版第一次印行
定價｜320元
書號｜BKKC0060P
ISBN｜978-626-305-613-8（平裝）

訂購服務 ─────────────────
親子天下 Shopping｜shopping.parenting.com.tw
海外・大量訂購｜parenting@cw.com.tw
書香花園｜台北市建國北路二段6巷11號　電話（02）2506-1635
劃撥帳號｜50331356　親子天下股份有限公司

立即購買 >